綴られる愛人

井上荒野

S

集英社文庫

目次

プロローグ　7
第一部　27
第二部　203
解説　斎藤美奈子　286

綴られる愛人

プロローグ

こんにちは。

毎日寒いですね。といっても、東京はこっちよりも全然あったかいんだろうなと思っているけど。雪がないだけでもいいよね。雪はもう見あきました。

東京出張、流れてしまった。ちょっとしたトラブルが起きて、後始末に俺が出ていかなきゃならなくなって。東京の仕事は、言ってしまえば無理くり作ったわけで、優先順位が下になった。出張とは関係なく、個人的にそっちへ行こうという計画もあったんだけど、そういうわけで、忙しくなり、時間がとれそうもありません。

東京へ行ったからって、凛子《りんこ》さんと会えるわけじゃないけど。そういう約束だからね。ただ、近くにいることを感じたかった――俺も、凛子さんと同じ気持ちでした。こっちは田舎者だからね。東京の空気。俺は大手町《おおてまち》とか銀座《ぎんざ》とか、都心部しか知らないから、今度の出張では時間を作って、下北沢《しもきたざわ》のほうにも出かけてみるつもりでいました。凛子さんが暮らしている町を歩いてみたくて。

なんだかノンキな文面に思える？　また怒られるかな。あえてそうしてみました。本心は、動揺しています。「本気です」という一行。あれが、頭に刻み込まれている。あのときの便箋、うすいグリーンだったよね。あの色をバックにして、凛子さんの文字が、くり返し浮かんでくる。いや、浮かんでくるっていうか、いつもある。筆圧のかげんとか、一文字ずつのかたちとか、全部覚えてしまった。ああ、やっぱり怒られそうだな。どうでもいいことばかり書いてごまかしてるって。でも、ごまかしてるつもりはありません。むしろ逆です。

可能だと、答えてしまったことを後悔しています。でもあのときは、冗談だと思っていたから。冗談で、もしも、という仮定で答えた。現実的に、可能だと。俺の格闘家としての能力においての話だよ。ここには、精神面は含まれていない。いや、とすれば、可能とは言いきれないのかもしれない。格闘技において精神力は大きな意味を持つから。

なんだか混乱してきた。こういうことを手紙だけでやりとりするのは無理があると思う。やっぱり、会いたい。でもだめなんだよね。危険だというのは俺にもわかる。でも、会おうとしないということは、本気じゃないってことなのかなとも思っている。どう？　これは、本気になってほしいという意味じゃないよ。ただ、俺たちには実際のところ、会える日は来るのか。そのことは考えざるを得ません。

もうすぐバレンタインだね。昨日、たまたまテレビをつけたら、東京のデパートの、チョコレート売り場が映っていました。サングラスをかけた女の人が画面を横切ったから、もしかして凜子さんじゃないかと思って、そのあとずっとみていた。一瞬のことだったし、凜子さんのはずもないと思うけど。でも、顔の腫れは、もう引いてる頃だよね。どうか新しい傷が増えていませんように！　ああ、こんなことを願わなきゃならないなんて異常だ！　異常だ！

　この手紙が届くのは二十五日の便になるから、バレンタインはもう終わってるし、チョコレートも同封できないけど、愛を込めて。これは本気です、わかってると思うけど。

　2月12日　クモオ

　毎月二回の転送日にそれまではほとんど欠かさず届いていたクモオからの手紙は、二月二十五日を最後に途絶えていた。

　手紙は「綴《つづ》り人《びと》の会」を経由して配達されるので、二月二十五日には、柚《ゆう》からの手紙もクモオに届いているはずだった。次の転送日である三月五日にも、昨日二十五日にも返事がないということは、あの手紙に臆したということだろう。実際のところ、あれを書いたときには試すつもりがあった。そして結果はこれ。やっぱり。口ほどにもない。

　失望と怒りの中には、もちろん安堵《あんど》も見つかった。

　あれほどクモオに「本気」だと強調したのに、実際のところは、自分がどこまで本気だったのか、柚はわからなかった。わかっているのは、便箋の上ではいつでも本気だったということだ。

最後の手紙で、クモオははじめて「俺」という自称を使っていた。それまではずっと「僕」だった。「異常だ！」の繰り返しも、文字通り異常な感じで、クモオらしくなかった。そのことを考えてみるべきなのかもしれない。本気かどうか疑ってみたり、会いたがってみたり、おためごかしを書いていたが、結局は入れ違いに届いた私の手紙を読むまでもなく、あれを最後の手紙にするつもりで、書きたいように書いた、ということなのかもしれない。

考えながら、柚は髪を編んでいた。

髪は腰に届くほど長く、夫の真哉《しんや》がいるときにはそのまま下ろしているが、彼が家から出ていくとすぐ、まとめてしまう。まず後ろでひとつに結んで、三つ編みにするのだが、今日は指先に必要以上の力が入って、編みかたはひどくきついものになった。さらにそれをきつくぐるぐると巻いて、固い拳のようなシニヨンを作る。

寝室に置いたドレッサーの前。寝室は、白い麻とレースと、アンティークの家具でコーディネイトされている。ドレッサーは木製のチェストに、薔薇《ばら》の彫刻を施した金縁の大きな鏡を合わせている。大きらいな寝室。かつては好きだったが、雑誌の一ページに紹介されて以来、きらいになった——取材者が書いたべたべたした紹介文にうんざりしたのだ。といっても、記事には柚が喋《しゃべ》ったままのことをまとめてあった。

鏡も古いものなので、映りがすこし歪《ゆが》むし、ところどころに黒い染みが浮き出ている。そのことは気に入っている。これは本当の自分の顔ではない、と思うことができるから。顔はもちろん腫れてはおらず、痣《あざ》も傷もない。ただし、出かけるときには——バレンタインデー直前のデパートなど行こうとも思わないが、同じくらい人が多い場所に行く必要ができたときには——サングラスをかけることもある。暴力の痕ではなく、顔そのものを隠すために。

部屋はマンションの八階にあり、ちょっとした庭ほどの広いバルコニーがついている。そこに並べたいくつもの鉢——ムスカリや水仙など、球根の花が咲きはじめている——に水をやってから、書斎に入った。午前中にエッセイを一本書く予定だった。

執筆にはパソコンを使っている。長文を手書きするのは、最近ではクモオに手紙を書くときだけだった。エッセイには決めていた通り、バルコニーで育てている植物のことを書いた。書き終わり、プリントアウトしたものを推敲《すいこう》しているとき、ファクス兼用の電話が鳴った。

「ウイイイ、ウイイイ」

いつものふざけた声を真哉は出した。最近はこの声を聞くたびにそれこそ体が刻まれるような感じがする。

「午後二時、S社、インタビュー」

機械を真似《まね》た口調で夫は言い、

「覚えてた？」

と、ふつうの声――やさしくて穏やかで、どんなときでもどこかセックスの最中みたいに聞こえる声――に戻って聞いた。

「忘れるところだったわ」

覚えていたが柚はそう答えた。

「エッセイ、書いた？」

「ええ、ちょうど終わったところ」

「花のこと？」

「ええ」

「今日のインタビューは、何だっけ？」

真哉は真哉で、わかっていることをわざわざ私に言わせるのだと思いながら、「映画よ。自分のベストテン」と柚は答えた。

「あ、そうだったね。この前一緒に考えたよね」

その事実を柚に確認させようとするように、真哉は間を置く。

「どっちを一位にするか、決めた？」

「え？」

「迷ってたろ？　〝ベニスに死す〟か、〝フィツカラルド〟かで」

「ああ……」

柚は目を閉じた――ちょうど、グロテスクな化粧を施した白い顔で、ヴェニスの海岸のデッキチェアに座ったまま死んでいくアッシェンバッハのように。だが、もちろん、柚は生きているのだから、再び目を開けなければならない。

「〝フィツカラルド〟にしたわ」

「うん、それがいいね。そっちのほうが渋い」

どちらでもよかった。どちらにしても、自分が選んだとは思えなかったから。順位については迷ったのではなく少しだけ主張してみたのだった。結局は、こうして真哉の思う通りの順位になるのはわかりきっていたが。

「今日は、何着ていくの？」

真哉は次の質問に移った。

＊

つめたい曇り。

冷え切った綿に押し包まれているようで、うまく動けない日です。体は、ずいぶんよくなったけれど。肋骨《ろっこつ》は幸い折れてなかったみたい。息をしても痛くないから。顔もずいぶんマシになって、サングラスがなくても外出できるようになりました。

快復したってまた同じことが起きるのに、どうして快復するのかしらね。自分の体のしぶとさと浅ましさにときどきうんざりします。

今、笑った？ 何を今さら……と思ったでしょうね。私が浅ましいことなんか、とっくにわかっているって。生き延びようとしているからこそ、こうしてあなたに手紙を書いているんですものね。でも、本気で生き延びたいと思うようになったのは、クモオさんを知ってからのことです。あなたはいつも私の「本気」を疑うけど、これはどう？

今日はまわりくどいことは書きたくないの。だから、書かなければならないことだけを書きます。同封した写真、どうか捨てないで。二枚あるので顔は覚えられると思います。身長は百八十センチに少し足りないくらい。痩せ形ですが、なよなよした雰囲気はありません。鞭《むち》みたいな感じといったらいいかしら。

帰宅時間も、何時にどこにいるかも、毎日まちまちです。ただ、毎月二十九日に定例会があるの。「さぶろう会」といって、「さぶろう」という居酒屋に、同業者七、八人で集まります。もともとは編集者だった三郎さんが、脱サラしてはじめた店で、少しでも売り上げに貢献しようという目的ではじまった会。気安い仲間ばかりだし、業界内の情報交換もできるから、彼は楽しみにしているの。

雨さえ降らなければ、「さぶろう」からうちまで、彼は歩いて帰ってきます。店を出るのは二時から三時の間。この二年間、それより早くなったことも遅くなったこともありません。同封の地図を見てください。印をつけたところを、彼は必ず通ります。店からここまでは十分くらい。後ろは公園で、周りのマンションの窓からその道は見えません。その時間、人通りはないはずです。

彼は弱い。以前にも書いたとおり、殴るのは得意でも、殴り合いは苦手なのよ（興味深い事実）。これも百パーセント確実ですが、そのうえその日、彼はひどく酔っぱらっています。だからクモオさんには、簡単なことではないかしら。むしろ危険は、終わったあとかもしれない。クモオさんが、どのくらい平静に、その場を離れることができるか。そこにかかっていると思います。移動手段、そのあと滞在するべき場所、金沢に戻るのはどのタイミングが賢明か。考えなければならないことはいくつもあるけど、その場を離れるということは、つまり、戻るという意味です。それまでのあなたに。そうして、私のところへ。

これが実現すれば、私たち、会えるのよ。

今、いったん手を止めて、この手紙を読み返してみました。おそろしいことを書いているのに、不思議なほど平静な気持ち。今日の便箋は空色だから、空色の織物でも見下ろしているような気持ちです。実際、これは、クモオさんを知って以来、私がずっと織ってきたタペストリーなのだと思います。私とクモオさんとで、と言い直したらあなたは当惑するかしら。

私からの次の手紙は、クモオさんのお返事を読んでから書きますね。どんなお返事が来るのか、こわい。だけど同時に待ち遠しくて、結局のところそれはいつものことなの。最初から、ずっとそうだった。こわくて、ほしくて。「本気の」愛ってそういうものじゃない？

2月9日　凜子

＊

学食の入口で、同じサークルの菊川《きくかわ》たちと鉢合わせした。よう。今日、来るんだろ？もちろん。短く言葉を交わし、航大《こうた》は彼らと入れ違いに建物に入る。

春休みに入ったので、午後四時の学食はがらんとしていた。カウンターへ行き、食欲とは無関係に、ほとんど何も考えずにハンバーガーとコーラを買って、奥のテーブルに着いた。コーラを一口啜《すす》り、紙コップを握っていないほうの手が、無意識にジャケットのポケットを探る。

何気ないふうに周囲を見渡す。誰にも見られていないことをたしかめてから、ポケットの中の手紙を取り出し、開いた本に重ねて空色の便箋を広げる。

便箋の四隅には透かしで、小さなトランプの絵が入っている。右上がハートのエース、その横がスペードの7、右下がクローバーの2、その横がダイヤのクイーン。凜子が使う便箋はいつもセンスがよくて、手紙の度に違う。この手紙を書くのにこの便箋を選んだことにも意味があるのだろうか、と航大は考えてみる。たとえば四枚のカードの中にクイーンはいてもキングやジャックはいないこと。あるいはスペードの7やクローバーの2から漂ってくる不吉さ。あるいはそういう自分の深読みを、凜子は予想しているのではないか、ということ。

筆記用具は万年筆で、インクは黒。凜子の字は美しい。これまで、字には「きれいな字」と「汚い字」があって、きれいな字というのはペン習字みたいな字、汚い字はようするに自分が書くような字だという認識しかなかったが、凜子の筆跡を知り、美しい字の存在を知った。力を抜いて書かれた部分の線の細さ、そこでいったん手が止まったことを示すような、ぽってりとしたインクの膨らみ。しかし、これらがこうまで美しく見えるのは俺だけかもしれない、とも思う。俺の目に映っているのは凜子の文字というよりは凜子の心だから。だから航大は、もう自分の書き文字についても心配しなくなった。文通の最初の頃は、きれいな字を書こうとして、逆に小学生の字みたいになってしまったりしていたが、今は思いを伝えることだけに腐心してペンを動かす。その字を、乱暴だとも雑だとも凜子は思わないはずだ。

騒がしい話し声とともに、男女交じった五、六人のグループが入ってきた。航大はそそくさと手紙をしまい、ハンバーガーにかぶりつき、まるで味わわずに咀嚼《そしやく》する。


町に、雪はもうほとんど残っていない。

同じ北陸でも、ここ魚津《うおづ》には金沢ほどには雪が降らない。

自転車で大学を出たが、行き先に迷った。この頃はいつも迷う。結局、ミラージュランドへ向かったが、ゲートまで来たところで、まだ冬期休業中であることに気がついた。以前は恋人の沙織《さおり》と連れだって、週に一度の頻度で来ていた。観覧車の中でふたりきりになれたから。最後に来たのは去年の九月だった。それは遥《はる》か昔のことのように感じられる。

遊園地の外側を走り、浜に出た。自転車を停《と》め、歩きながら再び手紙を取り出す。

もう幾度、読み返しただろう。そこに書かれていることは、文字のかたちや筆圧も含めて一字一句記憶していた。この手紙にかぎったことではなかった。最後に凜子に出した手紙で、一通の手紙の中の「本気です」の一行だけが頭に刻み込まれているかのように書いたが、実際には、凜子からの手紙はすべて、ほとんど暗記してしまっている。

繰り返し繰り返し舐《な》めるように読むようになったのは、文通の半ばからだが、そうなってから、以前の手紙もあらためて読み返した。何を着ていてもポケットにはいつも彼女からの手紙が入っている。

再び、自転車のところまで戻る。ハンドルを握って押し出そうとして思い直し、もう片方のポケットを探る。そこには封筒があり、封筒の中には、同封されていたものが入っている。

写真は見たくなかったので地図を取り出した。これももう飽きるほど眺めていた。グーグルマップの地図を印刷したものだが、「さぶろう」という店から、凜子の手書きの線が延びている。赤い×印まで。彼女の夫の帰路だ。だが、線はそこで止まっていて、その先のどこに自宅があるのかは示されていない。まだ教えられない、ということだ。わかっている、これは交換条件なのだと航大は思う。これが実現すれば、私たち、会えるのよ。手紙の中の言葉が、まだ聞いたことのない彼女の声になって、頭の中にこだまする。誘惑、そして脅迫。これが実現すれば会える。実現しなければ会えない。天秤《てんびん》は釣り合っていて、動かすことができない。

ふいに体から力が抜けて、自転車が砂の上にバタンと倒れた。航大もその場に座り込む。リュックの中から便箋とボールペンを取り出す。

航大が使っている便箋は、エアメール用の素っ気ない白地のものだった。そもそも便箋にこだわる趣味など持ち合わせていなかったが、クモオならばこういう便箋を使うだろうと考えて選んだ。クモオさんはいつも同じ便箋なんですねと、一度凜子から指摘されたことがあるが、その書きようにはクモオの無頓着さを面白がっていることが窺《うかが》えたから、ほかの便箋を探す気はなくなった。

いつも下敷きを入れずに書くので、紙の上には、前回までの手紙の文字のあとが刻まれている。じっと見下ろしていると、息苦しくなってくる。返事を書きたい。何日も、ずっとそう思っている。書かなければ、ではない。書きたいのだ。そのことを航大は自分自身にたしかめる。義務感ではなく、欲望なのだと。

返事を出さないまま、二度目の転送日が過ぎてしまった。凜子はどう思っているだろう。きっと怒っているだろう。俺に失望しただろう。そして絶望するのだ。刺されたように胸が疼《うず》き、航大は思わずペンを握った指の腹を嚙《か》む。便箋の表紙をめくり、ペンを握り直したが、それもまた、この一ヶ月あまり飽きるほど繰り返している試みだった。会いたい。会いたい。会いたい。まだ書いていない文字が便箋の上を埋め尽くす。書きたいのはそれだけだが、それだけでは凜子はもはや受け入れないだろう。

携帯電話が鳴りはじめる。

「ああ、わかった。すぐ行くよ」

応答して、航大はふるえる指で、砂の上に落としたペンを拾う。

今夜はテニスサークルの追い出しコンパだった。貸し切りにした小さな居酒屋で、航大は菊川たちと同じテーブルに着いた。

歓声、大声、嬌声《きょうせい》、囃《はや》し声、笑う声、笑われる声。そのうちのいくつかを、航大も出す。もうずっと──物心ついてからずっと──やってきたことだから、今夜もできた。いいんじゃないのか、これで。ふっと、そう思う。このままここにいればいいんじゃないのか。

「すみませーん、遅れました」

沙織が顔を出したのは、会も半ばを過ぎた頃だった。どうしてもバイトを断れなくて、と言いわけしながら、航大の背中側のテーブルに加わる。菊川たちがちらりとこちらを窺ったが、航大は気づかないふりをした。航大と沙織の関係が以前のようではないことは、サークル内ではもちろんもう感づかれている。

バイトってどこでやってるのと四回生の男が聞き、タウン情報誌の編集部ですという沙織の声が耳に届く。まだ続けてたのかと航大はぼんやり考える。このままいけばそこで正規採用されるらしい。やったね。いいなあ。女子たちが騒いでいる。うるせえ、と思う。

席を立ち、トイレへ入った。酒はあまり強いほうではないのに、普段より速いペースで飲んでしまい、気分が悪くなってきていた。個室に入って喉に指を突っ込んで無理やり吐き、口を拭いながらドアを開けると、洗面室に沙織がいた。

「よう」

平静を装って航大は笑顔を作ったが、「大丈夫？」と沙織は眉をひそめた。えずく声を聞かれたのかもしれない。「何が？」と航大は応じた。

沙織は航大の顔をじっと見たが、何も言わなかった。入れ違いに個室に入るために、航大の後ろを通った。その足を、ふと止める。

「襟、引っ込んでるよ」

ジャケットの襟に押し潰されていたシャツの襟のかたちを直された。付き合っていたときもよく直してくれたものだった。航大は思わず振り返った。沙織は、航大の視線をぴたりと受け止めた。

「ひとつ、聞きたいことがあるんだけど、いいかな」

意を決したように沙織は言った。航大は頷《うなず》く。

「あたしたちって、もう別れてるんだよね？」

「え……」

航大は一瞬、返事を探した。今さらそれを確認するのは、まだそうとは決まっていないからなのか。

「あたし、付き合ってくれないかって言われてるの、ある人から。だからはっきりさせておきたいと思って。あたしたち、もう別れたのよね？　あたし、その人と付き合ってもいいんだよね？」

航大が「いいよ」と言うと、沙織は頷いて個室へ消えていった。質問ではなく、確認ですらなかったのだと航大は気づいた。沙織は宣言したかったのだ、と。

洗面室を出ると、しばらくドアの前に突っ立っていた。そのままだと再び沙織と鉢合わせしてしまうことに気づき、席に戻ったが座らないまま財布を出した。

「悪い、ちょっとこれから行くとこあって」

会費の三千円を出して菊川に差し出す。なんだよ、おい？　菊川は引きとめる言葉を幾つか発したが、航大は耳を貸さなかった。どこ行くんだ森《もり》？　四回生の声も聞こえたが振り向かずに店を出た。あの場にいた誰にどう思われても、かまわないと思った。その瞬間、もう戻らない決意をしていた。

駅の待合室で、高速バスの予約をすませる。高岡を午後十一時の出発だった。いったん家に戻るか。いや、そうすると、東京へ行く理由を家族に説明しなければならなくなる。

このまま出かけよう、と航大は決めた。決めた瞬間、もうとっくに決まっていたことに気がついた。

＊

ひとりの夜です。

彼は、例の集まりに出かけているから。

私はほっとしています。彼の留守中はいつもそうだけど、今夜はとりわけ。あと二時間もすれば彼は帰ってくるでしょう。こんなふうに手紙に書くことができて、よかったと思っています。本当に。

この前の手紙、ごめんなさい。

いまだにお返事がないということは、きっと怒っているのでしょうね。それとも、こわくなっている？　いいえ、やっぱり怒ってるのでしょうね。あんな交換条件！　あんなふうにあなたを試すなんて。

ポストマニ、というお話を知ってる？（賭けてもいいけど、知らないでしょうね）魔法使いのおじいさんに可愛《かわい》がられているネズミの子が、願いを叶《かな》えてもらえることになって、どんどん欲深くなっていくの。最初は猫に姿を変えてもらって、それから犬に。犬の次は鹿だったかしら。最後は人間のお姫さまになることを願うの。

私はまるでポストマニだったのね。クモオさんに手紙を出して。クモオさんからの手紙を読んで。クモオさんを知って。クモオさんを愛して。そのうえまだほしがるなんて。

お話の最後に、ポストマニはどうなったと思う？

柚は今夜は便箋には書かなかった。

使ったのは、仕事でメモ帳がわりに使っている、罫線《けいせん》のない雑記帳だった。

手紙はまだ途中だった。続きを書く気になるかどうかわからなかったし、書いたとしても送付するかどうかわからなかった。クモオからの返事が来なくなり、彼の手紙を読みたいのに読めないから、かわりに書いたにすぎない。

送ってもクモオに届かないかもしれない、という懸念もあった。彼はもうとっくに「綴り人の会」を退会しているのかもしれない。

そう思いながら、柚はデスクの抽斗《ひきだし》を漁《あさ》り、スタンプのセットを探しだした。何年か前に、サイン会でファンの女の子からもらったのをそのまま放り込んでいた。五センチ角ほどの、写実的なウサギとハリネズミのスタンプがひとつずつと、濃いピンク色のインク台。

スタンプにインクを含ませ、手紙を書いた雑記帳の紙片の余白にぺたぺたと捺《お》した。ほら、こうすれば、つまらない雑記帳には見えない。いかにも凜子らしい、可愛い便箋の出来上がり。

柚はスタンプをどんどん捺した。勢いがつき、止まらなくなった。余白がなくなり、ピンクのウサギとハリネズミは文字の上も侵食しはじめた。スタンプのインクの水分で万年筆のインクが滲《にじ》み、へたくそな抽象画みたいになった。

柚はそれをシュレッダーにかけた。粉砕された紙クズは、キッチンの生ゴミ用のごみ箱の底に突っ込んだ。机の上を片付けて作業の痕跡を消してから、シニヨンを解いて入浴し、ベッドに入った。

起き上がったのは午前四時前だった。物音によってではなく、物音がしないことで、まどろみから覚めたのだ。いつもの「さぶろう会」なら真哉はもう帰ってきているはずで、彼がどんなに静かに家に入ってきても、その気配が柚の神経にひやりと触れるはずだった。だがナイトテーブルの向こうの、夫のベッドは空だった。柚はベッドの上で半身を起こしたまま、しばらくの間待っていた。

やがて電話のベルが鳴りはじめた。

第一部

1

はじめまして。

凜子といいます。東京在住、二十八歳の専業主婦です。

趣味で小説を書いています。草花を育てるのも好き。たいていは家にいます。事情があって、あまり家から出られません。

だから「綴り人の会」に登録しました。便箋の中でだけでも、遠くの世界へ行ってみたくて。

私を連れ出してくださる方からのお返事を待っています。

（二十代、女性、凜子さん）

二十一回目の夏に、森航大は自分に飽きた。

それは突然の、どうしようもなく避けがたい誕生日プレゼントだった。

朝七時。起きてすぐシャワーを浴びるのは、寝癖を整えるための毎日の習慣だったが、その朝、髪を拭きながら鏡に映る自分を見たら、これまでになくうんざりした。二十一歳、田舎の三流大学の三回生、可もなく不可もない容姿、身長百七十二センチ、贅肉《ぜいにく》はついていないが誇れるほどの筋肉も持たない体。

「じゃ、行ってくるから」

ダイニングにいる両親に廊下から声をかけた。今日からサークルの合宿がある。帰りは二十四日だっけ？　こういうとき、母親は必ずわかっていることをもう一度聞く。

「二十四日は何時頃帰ってくるの？　夕ごはん、いるの？　いらないの？」

「電話するよ」

乱暴に言い捨て、そのことにすぐに気が咎《とが》める自分にいっそううんざりしながら、航大はリュックを背負い直し、自転車に跨《また》がる。駅前のロータリーから、数人で菊川の車に同乗することになっている。両親と朝食を取るのが億劫《おっくう》で、さっさと出てきてしまったが、ゆっくり漕《こ》いでいっても、待ち合わせ時間のゆうに一時間前に着いてしまう。

どこで時間をつぶそうか。

そう考えて、それから航大は、これがまさに自分の人生であることに気づく。どうでもいいことでどうにか日々を塗りつぶしながら、何かを待っているだけの人生。これまでずっとそうだったし、これからもずっとそうなのだろう。


「なーに?」

沙織はすこぶる不機嫌な声で応答した。

「寝てたの?」

「そうじゃないけど」

じゃあ、なんでそんな声を出すんだよと航大は思い、相手が言葉を継ぐのを待ったが、沙織はそれきり黙ってしまった。

「出てこいよ」

それで、航大は言った。できるかぎり快活に。

「今、どこなの?」

「浜」

観覧車を見上げながら、砂の上に座っている。

「なにやってんの? 今頃そんなとこで」

「走ってた。ちょっと、走りたくなって」

それは嘘《うそ》だった。走ろうと思ってここまで来たことは本当だが、ランニングシューズを履いているわけでもないし走ったあと汗だくになるのもいやだったしで、結局座って、走っている自分ではない男を眺めていただけだった。

「起きてたんなら、出てこいよ」

「待ち合わせは九時でしょ」

「合宿なんてばっくれて、ふたりでどっか行こうぜ」

「はあ?」

航大がきらいな「はあ?」だった。航大自身も安易に多用するリアクションではあるが、自分に向けられるのは大きらいだった——とくに恋人からは。

「どっかって、どこ?」

「まだ決めてないけどさ……東京とか」

「意味わかんない」

嘲笑といっていい声を沙織は上げる。

「なんで東京行かなくちゃなんないの。合宿でいいじゃん」

「東京じゃなくてもいいよ。ふたりで過ごしたいんだよ。今日、俺、誕生日だし」

「子供じゃないんだからさあ。今夜のキャンプファイヤーのとき、みんなで盛大にやってもらえばいいじゃん。とにかくあたしは合宿行くから」

もう支度しないと間に合わないから、という言葉とともに電話は切られた。そのとたん、うだるような暑さが、あらためて航大めがけて降ってくる。

結局、向かったのは漫画喫茶で、前夜からいるような客だけがぽつぽつと座っている店内の、奥の席に収まって、航大はリュックの中を探った。

「綴り人の会」会報八月号を取り出す。それが読みたかったわけではなく、漫画を手にするよりはマシだろうと思っただけのことだった。

素朴な体裁の、ぺらりとした小冊子。主宰者による時候の挨拶を載せた表紙と、会の規約や利用方法などが記された裏表紙の間の数ページには、当月に入会した会員たちの自己紹介文が並んでいる。

会員は自己紹介文を読み、これという相手を選んで手紙を書く。手紙は便箋に手書きし、封筒に入れるのが決まりで、それを送料と手数料を合わせた切手とともに会宛てに郵送し、会から個人へと転送される。このシステムにより、住所などの個人情報を明かさぬまま、不特定多数の相手と「文通」ができることになっている。

この会のことは、航大の大学の選択科目「創作B」のクラスを履修している者たちの間で、以前ちょっと話題に出たのだった。つまり毎年夏休みに、何パターンかの「手紙」を書くことが課題に出るので、その参考資料に最適な現物を入手する場として。何しろこの時代に、メールではなくわざわざ手紙によって他人と繋《つな》がりたいという人間が集まってくる会だから、入手は容易《たやす》い。便箋一枚程度に幾つかの話題をちりばめた「餌」を撒《ま》けば、その何倍も充実した内容の手紙が返ってくる。実名を明かす必要はないので、こちらの目的が露見する危険はごく少ないし、用が済んだら退会してしまえばいい。実際その方法で他人の手紙をアレンジしたものを提出し、「優」をもらった者たちがいるらしい。

そこまで手間をかけるんだったら自分で書いたほうが早いよなあ。結局、笑い混じりにそういう結論になったのだが、航大はなぜか試してみる気分になったのだった。課題のためというよりは会そのものに興味があった。ようするにそんなばかばかしくアナクロな、かったるそうな会すら、現在の自分にとっては何かの腹の足しになるように思えたせいかもしれなかった。

とはいえ今は、関心はほとんど失われていた。会員登録をすませただけで、自己紹介文は送らずじまいになっている。本当のことにしても幾らかの嘘にしても、何を書けばいいのかさっぱり思いつかなかったのだ。

もっさりした男が横の通路を通り抜けるのを待ってから、航大は会報をテーブルの上に出し、めくってみた。まともに目を通すのはこれがはじめてだった。

「はじめまして。便箋集めが趣味なので、入会しました。年齢は問いませんが、女性の方のみでお願いします。(四十代、女性、アイアイさん)」「二児の母です。夫や子供の話ばかりではなく、広く、本のこと、映画のこと、音楽のこと、社会のことをお話しできるような方と文通したいです。サリンジャー、ウディ・アレン、グレン・グールドに反応してくださる方。(五十代、女性、バナナフィッシュさん)」「カウンセラーの勉強をしています。読んだ人が元気になるようなお手紙を書きたいと思っています。ざっくばらんにお話ししましょう。お菓子作り、中国茶、旅行が趣味です。(六十代、女性、未知子さん)」……

投稿された自己紹介文の八割が女性のもので、年齢層は高めだった。まあそうだろうなと航大は思う。

「凜子さん」の自己紹介文に目が留まったのは、彼女がめずらしい「二十代」であったことにもよる。だがそれだけではなかった。彼女の文には、何かほかの自己紹介文とは違ったところがあった。

たとえば「事情があって、あまり家から出られません」などという、どちらかといえばネガティブな情報をわざわざ書いているところ。もったいつけて、神秘性を演出しているのかもしれないが、それにしても、そういう技巧を使う女は「綴り人の会」ではめずらしい。それになぜか、これは技巧ではない、と思わせられた。文章の雰囲気のせいだろうか。その文章は、ほかの女たちのそれにはない、ある種の露骨さ、生々しさを湛《たた》えているように感じられたのだった。

まったく俺はバカだ、と自分自身を罵りながら、航大は列車に乗り込む。

結局合宿へは行くのか、行かないのか。決めかねているうちに、待ち合わせ時間が過ぎてしまった。携帯電話が鳴らないのは、さっき沙織に電話したせいなのだろうか。東京行くとか言ってたよ。沙織の言葉にみんなが笑い、そういうことなら放っておこうぜと誰かが言って、菊川の車は俺を乗せずに発進したということなのか。こちらから電話するというのはいかにも格好悪い感じがして、ためらっているうちに時間が経《た》って、漫画喫茶を出て駅前へ行ったときには、車は影も形もなかった。あっさり置いていかれたことに、航大は今さら呆然《ぼうぜん》とした。

それで、追いかけるべく在来線に乗っている。合宿地は砺波《となみ》の少し先で、車なら一時間強で着くが、列車だと二時間以上かかり乗り継ぎも多い。時間だけではなく金もかかる。バカだバカだバカだ。そう思いながら、だがまだ、合宿へ行くと決まったわけじゃない、と航大は考えてみる。富山で東京行きに乗り換える手もあるし、東京が遠すぎるなら、金沢でもいい。しかし自分がどちらにも行かないことはわかっていた。都会に滞在するだけの金はないし、そこで何をすればいいかもわからない。

午前十時、結局、航大は席を立った。やはり沙織に電話しておこうと思ったのだ。これからそっちに行くよ。今日は誕生日だからよろしくって、菊川たちに言っといて。ふざけた、軽い調子でそう言えばいい。ほぼ満席に近い自由席車両を通り抜け、デッキに出る。

携帯を耳にあてたところで、反対側の車両から男がひとりデッキに出てきた。プレスの利いた細身のスーツ姿の、三十代半ばくらいのすらりとした男。航大を一瞥《いちべつ》してから、彼も携帯を取りだした。

「ああ、悪《わり》ぃ。うん、今、デッキ。あ？　いや、大丈夫」

航大より先に男のほうが喋り出す。何かスポーツをやっていて、かなり鍛えた体をしているということが、服の上からでもわかる。

「考えたんだけど、フランクフルトには俺が行くから。あ？　そうだよ、ここまで移動する間に考えたんだよ」

低い笑い声。男のスマートフォンのケースにはスパイダーマンの派手なイラストがついている。きっと意外性を狙って、わざわざああいうケースを選ぶのだろう。航大のほうはまだ呼び出し音が鳴っていて、結局機械の応答に切り替わってしまう。タダイマデンワニデルコトガデキマセン……

航大は間を置かずかけ直し、やはり沙織は出ないということがわかると、今度は菊川の携帯にかけた。あいつの運転だからちゃんと着いたかどうか心配なんだ、と自分に言い訳しながら。実際のところは、誰とも話さずにデッキを立ち去るのは屈辱的な気がしたのだ。

「ムラセには、俺から言うよ。連れてかねえよ。だってイシダさんはムラセの無能さに腹立ててごねてんだから、やつを連れてってどうするよ。あ？　いや大丈夫、俺が全部やるから。ホテルだけ押さえててもらおうかな。ヒルトンでいいよ。取れなかったら……」

「はい、もしもーし」

数回鳴って菊川は出た。航大はなんとなくスーツの男の話に気を取られていたので、一瞬、何を言うべきかわからなくなった。

「あ、無事着いたんだ？」

それで、まるで女みたいな科白《せりふ》を吐いてしまった。ナニー？　と菊川が聞き返す。どこで受けているのか、音楽や笑い声がやかましく聞こえてくる。電波の状態も悪い。

「俺、今そっちに向かってるからさ」

「聞こえねえ。ちょっとかけ直すから、待ってて」

切れた電話が再び鳴り出すまで、航大はその場に突っ立っていた。

「今日の飯、ちょっと早めに行って待っててくれよ。俺の名前で、六人で予約しといたから。イシダさんの奥さんも来るんだよ。感動するのを忘れないように。あ？　バーカ、ちがうよ、飯じゃなくて奥さんにだよ。はは。大丈夫大丈夫、これから少し寝るから。

じゃあな」
スーツの男は電話を終えると、車両へ戻る前にもう一度航大を見た。感じが悪い眼差《まなざ》しではなく、不思議そうな表情だったことが、よけい堪《こた》えた。折り返しの電話はまだかかってこない。航大は携帯の電源を切って席に戻った。

富山で大勢の客が乗ってきて、隣席に置いていたリュックを網棚に上げるついでに、航大は再び、「綴り人の会」会報を取り出した。結局降りずに乗り続けているという事実について考えないために。それにしても何でこんなものをわざわざ持ってきて、文庫本の一冊も入れてこなかったんだろうと思いながら。

自己紹介文をざっと読み返し、やっぱり「凜子さん」だな、と思う。凜子という名前もいい。バナナフィッシュとかアイアイとか未知子に比べて、断然いい、というべきだろう。案外本名なんじゃないか、という気もする。趣味で小説を書いているというのには正直言って引くが、便箋集めよりはましだし、サリンジャーだのウディ・アレンだのとひけらかしているのよりもいい。それに、小説とか草花とかいうのは、凜子の自己紹介文の中で、何となく付け足しみたいな印象がある。書類の空欄を埋めなければいけないような気分で、思いつきを書いてみた、というような。

そう感じるのは、やはり「事情があって、あまり家から出られません」に続く「遠くの世界へ行ってみたくて」という一文が放っている切実さのせいだ。切実さ。そう、凜子の自己紹介文にはそれがある。もちろん、アイアイも未知子もバナナフィッシュも、返事がほしいという点では切実なのだろうが、凜子のは、それとも違うような気がする。
そうして……

そのことがわかるのは、俺だけなんじゃないか。

ふっとそんな思いが浮かび、航大は思わず苦笑いした。何を考えているんだか。こんなものを真剣に読むなんて。

航大は会報を閉じた。携帯の電源を切ったままだったことを思い出し、もう一度デッキへ電話をかけに行こうかと考える。しかしどうせまた繋がらないか、さっきと同じような目にあいそうな気がした。

眠るつもりで目を閉じた。眠気は訪れず、かわりに文面が浮かんできた。凜子さん、はじめまして。凜子さんって、素敵な名前ですね。まず、それに惹《ひ》かれました……。

*

凜子さん、はじめまして。

凜子さんって、素敵な名前ですね。まず、それに惹かれました。

辞書で調べてみたら、「凜」には「身が引き締まるように寒い」「きりっとしている、りりしい」という意味があるんですね。勇気凜々の凜でもありますね。

本名ではないのだろうけど、そんなペンネームを凜子さんはどんなふうに思いついたんだろうなと、いろいろ想像しています。

僕はクモオ。もちろんこれはペンネームですが、由来は……書くほどのことじゃないので、書きません。まあ、気が向いたら考えてみてください。三十五歳、貿易関係の仕事をしています。仕事はむちゃくちゃ忙しいけど、自分には向いているようで、けっこう、楽しんでやっています。

勤務地も住まいも金沢。未婚、ひとり暮らしです。身長百八十センチ、体重六十五キロ（こんなことまで書かなくてもいいのかな。文通なんてはじめてだから、よくわからなくて。もちろん凜子さんは教えてくれる必要はないですよ）。毎朝走っているせいで、通年日焼けしています（ジグロとも言う）。

趣味は空手。週に一度、子供たちに教えています。だから副業といったほうがいいのかもしれなくて、そうすると無趣味という、淋《さび》しいことになってしまいます。

それにしても、僕が空手をやっていると言うと、たいていの人から冗談だと思われます。空手家というと、熊かゴリラみたいな男だというイメージがまだ広く流通してるみたいで（どうかそんな男を想像しないでくださいと言いたいわけです）。

肝心なことを書かなければ。「綴り人の会」のことを知ったのは、空手教室に来ている子供のお母さんたちとお茶を飲んでいて（ときにはそういうこともしなくちゃならない）、話題に出たからなんだけど、どうして自分が入会したのかは、正直なところ自分でもよくわかっていません。仕事、空手、それから僅かなプライヴェートとで構成されている日常の、エアポケットに落っこちたといえばいいのかな。これまでの自分にはまったく無縁だったことをしてみたくなったというか。

といっても、申し込んだあとは、すっかり忘れていて、自己紹介文も送っていなかった。会報が送られてきたときにはすっかり興味を失っていて、でも移動の合間に（いつもならSFかミステリーの文庫本を一冊鞄《かばん》に入れておくんだけど、たまたま忘れてきたから）ぱらぱらやってたら、凜子さんの文章が目に飛び込んできた。そうしたら、無性に手紙が書きたくなってしまった。

長い手紙になってしまった。もっとも、手紙というのはどのくらいの分量が適量なのか、わからないのですが。手紙といえばお礼状くらいしか書いたことがない僕です。それすらも今はメールのほうが多いし。ちなみにラブレターも書いたことがありません。一応、もらったことはあるけど（中学生のとき）。

長々と（僕としては）書いたのは、僕のことを凜子さんに知ってもらいたいからというよりは、文通なんて柄じゃない自分が、こうして見も知らぬ人に手紙を書いている理由、会報に載っていた紹介文の中の、ほかの誰でもない、凜子さんに手紙を書きたくなった理由を、自分自身に説明したかったからかもしれません。結局まだ謎のままだけど。となると、ずいぶん身勝手な人間だと思われるかもしれないが、この謎は凜子さんから発しているわけで、だからお返事をいただけたら、とても嬉《うれ》しいと思います。

最後に。

「遠くの世界へ行ってみたくて」と、凜子さんは書いていましたよね。僕も同じ気持ちです。

８月24日　クモオ

人妻というのはあんがい人気があるのね、と柚は思う。あるいは「二十代」の効果だろうか。会報に自己紹介文が掲載されてから最初の転送日である九月五日、届いた手紙は七通だった。どれも――自己申告を信じるとすれば――男性からのもの。読むのが多少なりとも楽しかったのは最初の二通ばかりで、あとはほとんど苦行だった。ようするにどの手紙も似たり寄ったりの内容で、読めば読むほど自己嫌悪に落ち込まされるという仕組み。「遠くの世界へ行ってみたくて」か。よくもまあ恥ずかしげもなく、あんな惹句《じやつく》を書いたものだ。「私を連れ出してくださる方からのお返事を待っています」だなんて。どの人も――本当に、面白いようにどの人も――、パブロフの犬みたいにそこに反応して、べたべたした甘い言葉を並べていた。曰《いわ》く、「僕でよかったら、エスコートさせてください」「凜子さんの案内役になれたら」「ご一緒に旅をしましょう」エトセトラ、エトセトラ。旅というのはもちろん便箋内でのツアーのことで、現実の旅のことだと凜子が誤解しないように、その文字をご丁寧にカギ括弧《かっこ》やコーテーションマークで囲んである手紙が一通ならずあった。

その一方で「事情があって、あまり家から出られません」の「事情」について知りたがっている人は、見事にひとりもいないというのも、興味深いことだった。餌として撒いたのはむしろこっちだったのに。君子危うきに近寄らずということか、それとも初回なので礼儀をわきまえてみせたということだろうか。もしも凜子からの返事が届いたら、次の手紙はあからさまなインタビューで埋め尽くされているのだろうか。

柚は小さく笑った。自分を嗤《わら》ったのだった。なんていやな女なんだろう。せっかく手紙をくれた人たちのことを、こんなふうに悪し様《あざま》に思うなんて。結局のところ自分は、思っている以上に——というよりは思っている以外《い》に——彼らに期待していたのかもしれない。

七通の手紙を柚が眺めていたのは、でも、ほんの少しの間だった。

数日前から、気配があった。今朝起きたときには、それはまだ気のせいだと思える程度のものだったのだが、今も消えずにあって、むしろくっきりしてきている。

柚は手紙をまとめて茶封筒に入れた。あとで出かけるときに持っていき、どこかで捨てるつもりだった。それからパソコンに向かったが、思い直して、抽斗から新しいノートを取り出した。編集者との打ち合わせのときにいつも——かたちばかり——持っていくためにストックしてあるのとはべつのもの。打ち合わせ用と同じく大学ノートの体裁だが、こちらは表紙が深いグリーンで、少し厚手だった。街に出て空いた時間にぶらついていたとき、雑貨屋で目に留まり買っておいたもの。

そのノートとボールペンを持って、デスクチェアではなく、窓辺のイージーチェアに腰掛けた。書斎にも小さなバルコニーが付いていて、夏に咲いたつるバラの花がまだふたつ三つ残っているフェンスの向こうに、濃い青色の初秋の空が広がっている。

柚はじっと目を凝らす。空に生きものが蠢《うごめ》きはじめる。蝶《ちょう》。いや、金魚だ。いろんな色で様々な形の、小さな、すばしこい金魚たちが泳ぎはじめて、柚は金魚を掬《すく》いにかかる。掬おうとしてもするりと逃げてしまう金魚もいるが、うまく掬える金魚もいる。掬い上げることができれば、それはノートの上の文字になる。

柚は高揚を覚えた。文字は次第に増えてきていた。大丈夫、今度はうまくいくかもしれない。それは物語のアイディアだった。正真正銘の、紛れもない柚自身のアイディアだ。今までアイディアは幾度か浮かび、そのたび虚《むな》しい希望だけを与えて、あぶくみたいに消えていった。でも、今回は違う。確信で体の中が熱くなってくる。

それはひとりの少女の物語だった。冒険譚《たん》。さかさまの国。床に落ちた窓の影。柔らかな森。ごつごつした水……。

電話が鳴り出したとき、取りたくないと柚は思った。応答しないという選択が、今ならできるのではないか。でも呼び出し音は、まるで蜘蛛《くも》の巣みたいに絡みついてきて、結局、耐えきれなくなった。

「ウイイイ、ウイイイ」

いつもの夫の「アラーム」だ。

「機嫌がいいね」

真哉からそう言われて、柚は自分が笑ったことに気がついた。もちろん、楽しくて笑ったはずもないが。

「二時半、青山のH。個室取ってあるらしいから。場所、覚えてる?」

覚えてるわと柚は答えた。気取ったカフェだ。天谷《あまがい》柚は気取った店が好みだと出版界では思われている。

「もう着替えた?」

「まだ。リックのスカートを穿《は》くつもりよ。上は黒のノースリーブ」

「いいけど、カーディガンも羽織ってこいよ。そのほうが品がいい。それに店の中は冷房で寒いよ」

そうするわと柚は答えた。なぜ電話を取ってしまったのだろう。応答したところで、蜘蛛の巣が消えるわけでもないのに。

「プロット、ぜんぶ頭に入れた？」

「ええ」

「なんだか頼りない感じだな。今まで何やってたの」

真哉のこういう敏感さを、私への愛情と置き換えることは可能なのだろうか。いつも思うことを柚は思う。

「まあ今日のところは、プリントアウトを見ながら喋ってもいいけど。なるべく自分の言葉で説明できるようにね。じゃ、あとで」

柚が電話を切ろうとしたとき、「あ、待って」と真哉が言った。

「カーディガン、タクシーを降りる前にちゃんと羽織っておくんだよ。先方と鉢合わせするかもしれないし、読者に見られる可能性だってあるんだから」

ええ、わかってるわと柚は答えた。

デスクに戻り、パソコンを起動させる。

「新作プロット」という名称のファイルを開く。数日前に真哉がメールに添付して送ってくれたものだ。

　もちろん、あらましは頭に入っていた。昨日も夕食時に、夫から説明されたのだから。主人公は四歳の女の子。彼女が生まれる前から家にいた犬が老衰で死ぬところから物語ははじまる。まだ小さいので「死」ということがわからない女の子は、老犬を探す旅に出る。旅といっても観念的なもので、実際の移動は、四歳の女の子が自分の足で行ける範囲になる。テーマはずばり「死」なのだと真哉は言った。想定読者である五、六歳の子供たちも、主人公とともに、それについて理解していくことになる、と。

「死は避けられないものですけど、人間には記憶がありますよね。肉体は消えても、愛は残る。理屈で理解できなくても、感じることはできると思うんです、小さな子供たちにも」

　このあと会う編集者に説明している自分の声が浮かんでくる。もちろん、ちゃんと説明できる。これまでずっとそうしてきたのだから。私が考えたプロットであることを、編集者は疑いもしないだろう。

　吐き気に似たものがこみあげてきて、柚は発作的にファイルを閉じた。緑色のノートに戻ろうと思ったが、さっきまであった自信と確信は薄れていた。真哉はいろいろなものを与えるために電話してきて、でもその電話は、いつでも何かを奪っていく。

　柚は自分が泣きそうになっているのを感じた。泣かないために、部屋を見渡した。捨てるつもりだった茶封筒を手に取った。

「綴り人の会」に入会したのは、自分自身のアイディアのためだった。手紙をモチーフにした物語が書けそうな気がして、「文通」というキーワードで検索をかけたら、サイトにヒットしたのだ。結局、そのアイディアは、あぶくのひとつ――かたちになる前に消えてしまった――だったのだけれど。

封筒から無作為に取り出した手紙を、柚はあらためて読んだ。読むというより、幼児が砂を掬っては落とすような、意味のない行為に近かったが、それでも以前には読み飛ばしていた幾つかの発見をした。

つまらない発見ではあったけれど――たとえば空手が趣味だという人を見つけた。「綴り人の会」にはめずらしい武闘派といえるかもしれない。マッチョマンが手紙をしたためている図を想像すると笑えるが、「僕が空手をやっていると言うと、たいていの人から冗談だと思われます」と抜かりなく書いてある。差出人はクモオ。書くほどのことではない由来とある。実際、その通りなのだろう。

柚はその一通だけを茶封筒から出した。せっかく入会までしたのだから、記念に一通くらいは取っておこう。今後、資料として何かの役に立つかもしれない。

自分には、そう説明した。

2

こんにちは。

あらためて、はじめまして。凜子です。

お手紙、ありがとうございました。たくさんの自己紹介文の中から、選んでいただいて嬉しいです。

それを言うなら、私もクモオさんを選んだわけだけど。打ち明けると、七人の男性から手紙をいただいたのですが、お返事を書くことにしたのは、クモオさんただひとりです。

クモオさんを選んだ理由は……それより、残り六人の人たちを選ばなかった理由のほうが、説明しやすそう。つまり彼らは、独善的でおしつけがましくて、ありきたりでつまらなくて退屈だったから。ああ、言っちゃった！　いやな女だと思われたらどうしよう。でも、彼らからの手紙を読んだときの私の苛立《いらだ》ち、クモオさんならわかってくれるんじゃないかと思います。その確信こそが、こうしてあなたに手紙を書いている、いちばんの理由かもしれません。

クモオというペンネーム、いいですね。クモは、蜘蛛かしら、雲かしら、それとも曇？　それともアナグラムかしら。モクオ？　ヘビースモーカーとか？　三十五歳というと、私よりも七つ年上なんですね。お手紙からは、落ち着いた、姿勢の良い（ゴリラみたいではない）男性の姿が浮かんできます。空手教室の子供たちのお母さんに、きっとすごく人気があるんでしょうね。それにもちろん、お母さんじゃない女性たちにも。否定してもだめ。これについては、私は自分の直感に自信があります。

凜子の凜を勇気凜々の凜だと書いてくださってありがとう。おかげで、ちょっと勇気が出ました。この手紙を書いていることもそうだし、ほかのことでも。もっともっと、勇気を出さなければ。ところで、人間ひとりあたりの勇気って、絶対量が決まっているものかしら？　花みたいに、水をやれば育っていくものなのかしら？

話がずれてしまいました。私自身のことをもう少し書きますね。自己紹介文に書いた通り、二十八歳の専業主婦。身長一六五センチ、スレンダーと言いたいところだけれど、実際のところは、ひょろりとしている、というのが妥当です。髪がベリーショートなので、後ろ姿で男に――いちおう付け加えておくと、少年に――間違えられたことが何度か。デニムをはいていることが多いせいかもしれませんね。

夫は編集者で、七つ年上。あ、今気がついたけど、クモオさんと同じ年なんですね。結婚四年目。アルバイトしていた出版社で夫と出会って、就職したけど結婚してすぐ辞めて、現在に至ル。もっといろいろ書ければいいんだけど、本当にこれだけ。空手もやっていないし。子供はいません。ほしいとも思っていない。夫が、子供みたいな人だから。これ以上子供が増えたら、とても生きていけません。住まいは下北沢にあります。小さな家だけど庭が広いところが気に入っています。

あ、そうだ。あとひとつだけ、どうしてもお伝えしたいことがあります。趣味の小説、新しいストーリーを思いついたところなんです。それがちょうど、クモオさんからの手紙が届いた日だったの。それが、意味があることのような気がしています。というか、意味がある、と私は思いたがっています。そんな女を薄気味悪く思わないでいてくださったら、どうかまたお便りをくださいね。

ＰＳ　小説を書いていることは、夫には内緒です。

９月30日　凜子

＊

寒くない十月。

むしろ暑いくらいだ。にもかかわらず沙織はムートンのジャケットを着てあらわれて、そのジャケットは今、ふたり向かい合って座っている座席の横のフックに掛けられている。金沢へ向かう列車の中。

暑くねえ？　とさっき思わず言ったら、「べつに」と返された。ちょっとまずかったかなと思い、修復するべく「高かったんじゃねえ？」と言ったら、これにも「べつに」だった。苛立ちはむしろ、あれしきのことで機嫌が悪くなる女にではなく、機嫌をとろうとしてしまう自分に対して募ってくる。

「何、それ？」

席に着いてからずっといじっていたスマートフォンから顔を上げて、沙織が突然、口を利いた。何って、何？　航大は聞き返す。

「何で今、舌打ちしたの？」

「え、舌打ちした？　俺？」

「したよ」

「した覚えないけど、眩《まぶ》しかったからじゃないかな。したとしたら」

「舌打ちってだいきらい」

「ごめん」

仕方なく謝ると、沙織は頷きもせずにスマートフォンに顔を戻した。航大は今度こそ思いきり舌打ちしたい気分に駆られながら、そのかわりに自分も携帯電話を取りだした。

取り出したところで、べつに用があるわけでもない。迷惑メールやネットショップからのＤＭ以外のメールがそう頻繁に届くわけでもないし、向かい合って座っているのにまさかゲームをしたり音楽を聴いたりするわけにもいかないだろう。沙織は何を見てるんだと、携帯越しにちらりと窺う。どうやら写真を見返しているらしい。くすくす笑ったり、はっと何かに気づいたような顔をしているのが、わざと自分に見せつけているように思える。

ほかにどうしようもないので、航大も自分の携帯に残っている写真を呼び出した。枚数だけは溜《た》まっている。整理していないのは、削除すべき写真がないからではなく、選ぶべき写真がないせいだ。沙織の写真、サークルのメンバーの写真、彼らが撮った自分の写真、集合写真。どの写真もつまらなかった。写真の中の自分は楽しげにしているが、見返してみれば、ちっとも楽しんでいなかったことだけが思い出された。

夏の合宿のときの写真もある。すっぽかして東京か金沢へ行くはずだったのが、結局は遅れて参加することしかできなかった。待ち合わせ場所に航大があらわれなかったことを沙織はみんなにどんなふうに説明したのか、遅れた理由をなぜか誰からも聞かれず、そのために逆に気まずく、居心地の悪い三日間になった。写真の中の自分は無理やりにはしゃぎ、おどけて見せていて、とても正視できない。

航大は携帯電話を閉じた。するとカーテンが降りたように、それまで頭にあったこと煩わしいことどもが消えて、かわりに凜子のことが浮かんできた。

凜子への手紙は、合宿へ向かう列車内と、乗り継ぎのバスを待つ間に書きあげたのだった。むろん便箋など持ち合わせていなかったから、スケジュール帳の後ろのほうのページに小さな字で書いた。時間を潰すためのちょっとした遊びみたいなものだとそのときは思っていたし、清書して郵送するつもりもなかった。

そのページを再び開いたのは、合宿から帰ってきた夜だった。つまらない三日間を過ごした後であらためて読み直してみると、会ったこともない女に宛てて書いた自分のその文章が、奇妙なほど貴重な、美しいものに見えたのだった。いつ、何のために買ったのかも思い出せない古い便箋を抽斗の奥から探しだして、一晩かけて清書した（自分の字の下手くそさにうんざりして、何度も書き直した）。清書するだけで終わるかもしれないと、そのときもまだ思っていたが、結局翌日、便箋を封筒に入れ、「綴り人の会」に郵送した。

返事を望んでいなかったといえば嘘になる。だが、期待はしていなかった。凛子には自分のような男からの手紙が数多く届くのだろうと思えたし、その中から自分が選ばれる自信はゼロだった。スケジュール帳の上の走り書きが、破りとって捨てられる前にもう少しましな文字になり、凛子と名乗る女の目にとにかく一瞬でも触れるだけでいいと思っていた。「綴り人の会」の転送日がいつだかも覚えていなかった。

転送日は一昨日、十月五日だった（毎月五日と二十五日に届くのだ、そのことは今やはっきり頭に刻まれている）。凛子からの手紙が——それも、あんなふうな返事が——届くとは夢にも思っていなかった。

もちろん、文面通りに無邪気に受け取るなんてばかげている。

航大は自分を戒める。

七通来て返事を書いたのは俺にだけだったとか。ほかの六通は独善的でおしつけがましくて、ありきたりでつまらなくて退屈だったとか、クモオさんならわかってくれると思うとか。七通来たのは本当かもしれないが、七人全員に同じことを書き送っているのかもしれない。

それを言うなら、二十八歳の専業主婦というプロフィールにしたって、自分同様に真っ赤な嘘なのかもしれない。真実は八十二歳の専業主婦かもしれないし、男である可能性すらないとはいえないのだ。

でも――

航大は思う。なぜか、嘘を吐《つ》かれているとは思えない。すくなくともプロフィールは真実か、真実に近いものである気がする。今回の手紙を読んでその確信は強まった。

なぜだろう? たぶん、不安定さのせいだ。自己紹介文を読んだときには、切実さを感じたが、今思えばあれは不安定さと表裏一体のものだった。危うい感じ。危ういからこそ切実になるのではないか。

手紙は、うすいグレイにレースの透かし模様という凝った便箋に、黒いインクの細い線で綴られていた。まず思ったのは、絵みたいだ、ということだった。このまま額装して飾ってもおかしくないほど美しい手紙だと思い、「美しい手紙」なんて言葉が自分の中に浮かんできたことに驚いた。書かれていることの、全体の印象は整っていた。一読して、まともな、書き手の頭の良さが伝わってくるような手紙。だが丁寧に読んでいけば、ところどころに深い穴のような、あるいは切れそうな糸のような部分がある。

たとえば、勇気への言及。「ほかのことでも」で切られた一文。ほかのこととは何なのか、深く考える必要はないのかもしれないが、そのあとに続く「ところで、人間ひとりあたりの勇気って、絶対量が決まっているものかしら?」はやはりひどく唐突な感じがする。

それから、子供がいないというところ。子供がほしくない理由として、「夫が、子供みたいな人だから」というのはよく聞くフレーズだが、「これ以上子供が増えたら、とても生きていけません」には違和感がある。実際のところ、ぎょっとした。普通は「とてもやっていけません」と書くだろう。ユーモラスに、わざと大げさに書いてみたのだとも考えられるが、何かそういうことではない感じがある。こっそりと俺だけに――そう、俺だけに――文面とは違う何かを訴えているような。

クモオさんならわかってくれるんじゃないかと思います。

航大はその一文を思い返す。自分を戒めながらも、思い返さずにはいられない。実際、凜子の言う通りであると思えて仕方がないのだ。彼女の手紙の中の揺らぎを感じ取れるのは自分だけであると——だからこそ、自分にだけは、彼女が嘘を吐いていないことが確信できるのだと。そうして、その揺らぎを、魅力的にも感じるのだと。

「お客様、お連れ様がお呼びですよ」

店員に声をかけられ、航大は我に返った。リクルートスーツを買うために、スーツ専門店に来ている。まずは沙織に付き合って、女性用のフロアで彼女の試着を待っていた。

「どうかな」

黒いスカートスーツを着た沙織が、試着室のドアの前に立っている。航大はがっかりした。似合わない。なんだか突然おばさんになったように見える。

「いいんじゃない」

もちろん、正直に言わないほうがいいことくらいはわかるから、そう言った。

「何、そのなげやりな言いかた」

沙織の顔は笑っていたが声は尖《とが》っていて、航大は思わず店員の顔を窺った。

「きれいにお召しになってますよ」

店員は航大の視線を無視して言い、似合うよ、と航大はあらためて言った。

「まったく関心ないんだね」

沙織は今度は笑いもせずにそう言うと、試着室の中に姿を消した。店員が横目で盗み見ているのを、今度は航大が気がつかないふりをした。

香林坊《こうりんぼう》に新しくできたばかりの洋食屋は、六時前なのにすでに混んでいて、案内されたのは狭苦しいカウンターの席だった。

足元に用意されているカゴに上着と手荷物が入りきらず、スーツの紙袋を背中に置いているので、いっそう窮屈になっている。

互いのスーツを見立てる、というのが、今日、一緒に来た目的だったが、結局航大は一人で選んで買った。沙織が決めるのに時間がかかり、別行動にしようと彼女から言われたからだ。値段とサイズで店員から見繕ってもらったものに決め、航大が女性用のフロアに戻ってきたときも、沙織はまだ迷っていた。

「やっぱり買わなきゃよかったな」

運ばれてきたビールを一口飲んで、沙織は言う。最終的に買ったスーツは、一番最初に試着したものだった。

「だって買いにきたんだろ」

航大は少し笑ってみる。

「似合わないスーツだと、面接で不利じゃん」

「似合ってたよ。ていうか、あれが気に入ったから買ったんだろ」

「べつに気に入ってない。試着した中ではあれがマシだったっていうだけだもん。横で苛々してるから、待たせたら悪いと思ったし」

「苛々なんてしてねえじゃん」

「してたよ」

俺のせいかよ。航大は言葉を飲み込む。注文したサラダが運ばれてくると、沙織は機械的に二つの取り皿に分け、しばらくの間ふたり黙りこくってそれをつついた。

「そういえば、ずっと聞きたいと思ってたんだけど」

沙織が口を開いた。

「航大、就職する気、あるんだよね?」

「え、あるつもりだけど。どういう意味?」

「べつに意味はないけど……なんか、ゆるいなと思ってさ、態度が」

「だってまだこれからだろ。だいたい何だよ、ゆるいって。どうすればよかったわけ?」

「べつにいいんだよ、就職しなくたって」

航大の強い語気をかわすような表情で沙織は言った。

「そんなの航大の勝手だもん。結婚してるわけでもないし、したくないならしなくていいと思う。ただ、就職しなかったとして、かわりにこれをやりたい、っていうのもないんでしょう? そういうところが心配なんだよね、よけいなお世話かもしれないけど」

「ちょっと待てよ。なんで俺、就職しないことになってんの？　リクルートスーツ買うのに熱意が足りないと、そういうことになるわけ？」

「たとえばの話よ」

「たとえばで説教すんなよ」

そうだよね、ごめん。沙織はいちおう謝ったが、それきりむっつり黙り込んでしまった。

「面接の質問でさ」

沙織がそう言い出したのは、運ばれてきた料理を半ばまで食べ進んだ頃だった。それぞれ注文したミックスフライと煮込みハンバーグを交換したりして、空気が少し和らいできた頃。

「学生時代に打ち込んだことを聞かれたら、航大はなんて答える？」

またそういう話になるのかと航大はうんざりしながら、「沙織は？」と聞き返した。

「あたしは、バイト。実際、打ち込んできたし。お金のためじゃなくて、やりたくてやってることだし」

編集プロダクションで重宝されていることは聞いていたし、それを自慢に思っていることも知っていた。なるほどね、と航大は言った。

「だから、航大は？」

しつこいなと航大は苛立つ。

「サークルとかでいいんじゃねえ？　でなければ、恋とか？」

茶化してみたが、沙織は笑いもせず、溜息《ためいき》をひとつ吐いた。

「空手とか、続けてればよかったのに」

「はあ？」

まったく意味がわからなかった。たしかに、小学一年から中学一年までの間、空手を習っていたことを以前に沙織に話した。練習がきつくてやめたことも。だがなぜそれを今持ち出すのか。

航大は食べることに戻った。冷めた蟹《かに》コロッケの残りを口に放り込み、味わわずに飲みくだす。沙織は少なからず驚いているようだ――俺が黙り込むということはめったにないからだ。さっさと食べ終わって店を出たかった。いつもならこのあとラブホテルに行くところだが、今日はそんな気分にもなれない。会計をすませて、そんじゃなと手を振って一人ですたすた歩き出したら、沙織はどんな顔をするだろうか。

そんな真似を実際に自分ができるかどうかはわからなかったが、そうしたいとはっきりと思っていること、その思いの強さをたしかめて、航大は少し気分がよくなった。沙織は俺のことが何もわかってない。それは以前から感じていたことだが、わかってもらいたいとは、以前のようにはもう思わなかった。

千切りキャベツを皿の上のソースでまとめて、皿を持ってかき込みながら、そうして航大は、大事なものを取り出すように、凜子の手紙を思い返した。

＊

こんにちは。

お返事いただき、感激しています。感激しすぎて、それをどう伝えたらいいか考えすぎて、何度も書き直しているうちに、こちら金沢はようやく肌寒さを感じられるようになってきました。今年はおかしな秋でしたね。東京では十月に入って三十度を記録した日もありましたね。

やっぱりこれもへんな書き出しだな。でも、もうこのまま書き続けることにします。このままじゃ手紙を書き終えるまでに雪が降りそうだから（笑）。

この前の凜子さんの手紙には、僕にとって嬉しいことが三つ書いてありました。凜子さんの苛立ちが、僕ならわかると思ってくれたこと。凜子さんの身長や髪型やファッションを教えてくれたこと。僕の手紙が、すばらしいタイミングで到着したらしいこと。その後、小説はうまく書き進んでいますか？

訂正したいことがひとつ。空手教室のお母さんたちについていえば、まあ僕は人気が「ない」とは言えませんが（だって、僕は彼女たちの息子の先生なんだからね。そして自分で言うのもなんだけど、いい師範だから）、同年配の女性には、凜子さんが書いてくれたほど人気があるわけでもありません。全然モテないとは言いたくないけど、たいしてモテない。女の子が喜ぶようなこと、うまく言えないし、花を贈ったりプレゼントしたり、お洒落《しやれ》な店に連れていったりも、積極的にやるわけじゃないし。そういうの、気恥ずかしいんだよね。

あと、今はいちおう彼女がいる、ということもあります。彼女がいてもモテる男はモテる（遊ぶ男は遊ぶ）んだろうけど、僕はそういうタイプではないです。

その彼女（ひとつ下）に、この前泣かれてしまった。仕事が忙しくて、なかなか会う時間が取れなくて。実際のところ、今すごく忙しいんです。中国の新ルートとの交渉、僕に全部任されていて。やりがいがある仕事だし、任せてもらうのは光栄なんだけど、そこが問題でもある。

「仕事と私と、どっちが大切なの？」っていう、ドラマとかでよくあるセリフ、まさか自分が言われるとは思わなかった。それで一瞬、答えに窮してしまったのが、僕のだめなところなんだよね。その「間」で泣かれた。慌てて、「つまんないこと聞くなよ」って言って、もっと泣かれた。僕はなんて答えるべきだったと思いますか。

この話、書くべきか迷ったんだけど、やっぱり書いてしまいました。彼女に会う時間は取れなくても、こうして凜子さんへの手紙を（何度も書き直しながら）書く時間は捻出しているわけで、そのことに、前回の凜子さんの真似をするわけじゃないけど、僕は意味を感じているから。

くどいてるわけじゃないですよ（そう読めたらスミマセン）。ただ、僕は小説は書かないけど、このところずっと彼女との関係に抱いていた違和感とか、仕事のことや空手のことで考えなきゃならないのにうっちゃってたこととかについて、何か自分の中で動き出したような気がするんです。そして、それは凜子さんの手紙のおかげである気がしています。

勇気のこと、凜子さんは訊《たず》ねていたよね。僕は、勇気の絶対量は決まっていないと思う。そして、水を与えれば勇気は育っていくと思うよ。

そういえば、ベリーショートでひょろりとしているという凜子さんの姿、僕のイメージでは植物です。きれいな花が咲く、つる性の植物。

この手紙が、少しでも役に立ちますように。

そして僕も、次の恵みの雨を待っています。

10月17日　クモオ

今度から手紙を出す前にコピーをとっておこう、と柚は思った。

「勇気のこと」で自分が何を書いたのか、覚えていなかったからだ。

「勇気凜々の凜」について、ありがとうと書いたことは覚えていた。そのあと、勇気について何を聞いたのだったか。

それは不安なことだった。プロのライターである自分が、そんなふうに不用意な一文を残してしまうなんて。でも、きっとたいしたことではないのだろう。柚はそう思うことにした。まったく心のこもっていない、うわべだけの言葉を書き連ねた手紙だったのだから。

うわべだけの言葉か。柚は今度は、そのことを考えてみる。おかしな世界に迷い込んだものだ。自己申告のプロフィールだけをよすがとした空間限定でのやりとり。相手が書いてきたことを、信じるか、信じないか。信じなければ文通は成立しないから、信じるしかないのだ。すくなくとも、信じたことにするしか。

クモオは、とにかく――信じているにせよ信じたことにしているにせよ――ベリーショートでデニム好きという凜子のプロフィールを気に入ったらしい。「つる性の植物」というイメージは、現実を幾分言い当ててもいる。きれいな花が咲くかどうかはともかくとして。それにしても「くどいてるわけじゃないですよ」か。ああいう一文を書いてしまうということは、幼稚な男なのだろう。年齢や職業をどれだけ偽ったとしても、そういう真実はあらわれてしまうわけだ。これは私も気をつけなければならない点だ。まあ、あの幼稚さなら、私の何がわかるとも思えないけれど。恋人がいるというのは本当だろうか。泣かせただなんて。悪いけど笑える――嘘でも本当でも。

ドアが開き、廊下の常夜灯のうすい灯《あか》りが寝室の中に入ってきて、柚は自分がずっと暗闇の中で目を開けていたことに気がついた。

夫がすぐにドアを閉めたので、一瞬後に部屋は再び真っ暗になった。真哉が服を脱ぐ音が聞こえる。その気配で、ああ今夜は私を抱くつもりなのだなとわかった。

それで、柚は目を閉じた。眠っている妻をゆっくり目覚めさせながら抱くのが真哉は好きなのだ。それに小一時間も前にベッドに入ったのに、ずっと眠れずにいたと思われたくなかった。

クモオへの手紙には、子供をほしいとは思っていないとも書いたのだった。夫が、子供みたいな人だからと。上掛けがめくられ夫の手が体に触れたとき、そのことを一瞬考えた。

子供をほしいと思っていなかったのは真哉だった。第一線の創作者でい続けることと子育ては両立しない、というのが彼の揺るぎない考えだった。最初の頃は――夫と「話し合い」ができると信じていた頃は――抵抗した。そしてあきらめ、今ではもう、柚自身もほしいとは思っていなかった。こんな目に遭うのは、自分ひとりでたくさんだ、と。

翌日は雨だった。

生ぬるい雨。もうすぐ十月も終わるのに、東京はいっこうに寒くならない。

真哉を会社へ送り出すと、柚は髪を編み、雨を眺め、書斎へ入った。今日は一日、外出の予定はない日だ。夫の「アラーム」もだから聞かずにすむ。集中して仕事をするつもりだった。

書き下ろしの児童小説が、はかばかしくいっていない。書き直してばかりで、まだ書き出しさえ決定していない。出版社と約束した締切はまだずっと先だが、真哉が決めた第一章の締切はもうすぐだ。彼が考えた通りにちゃんと書けているか、章ごとにチェックされることになっている。

柚はパソコンを起動させた。キーボードを叩《たた》く指は、しかし十分もしないうちに止まってしまった。たしかに真哉の言う通り、この本は売れるだろう。天谷柚の新作として注目されるというのもたしかかもしれない。でも、ちっとも書きたい物語ではなかった。どうして自分がこれを書かなければならないのかわからない。これまで書いてきたどの小説も、そうだったのだが、自分でこれほどはっきりそのことを認めたのははじめてだった。

「柚は、しあわせだね」

なぜか昨夜の真哉の言葉がよみがえった。事のあと、腕枕して柚の髪を撫《な》でながら、夫はやさしい声でそう言ったのだった。

「どうして？」

聞き返すのはおかしいと思ったが、柚は聞いた。唐突な感じがしたし、夫は聞いてほしがっているようでもあったから。

「どうしてかっていうとね、柚がいくつになったって、僕は柚に欲情できる自信があるからさ」

「そうなの？」

そのときすでに、もう会話を打ち切ったほうがいい、と予感していた。だが真哉は続けたがっていた。柚に教えたがっていたのだ。

「あの天谷柚が……」と真哉は言った。

「誰も想像すらしないだろうね、あの天使みたいな天谷柚が、僕の下であんな声を出しているなんて」

柚は赤くなった。昨夜もそうだったし――部屋が暗くて、夫に気づかれなかったのは幸いだった――今も頬が熱くなるのを感じた。羞恥ではない、怒りからだ、と思う。

そんなことをわざわざ聞かせる夫への怒り。それに、そんな声を出す自分への怒り。ときどき柚は、自分を夫との「セックス中毒」ではないかと疑うことがあった。彼とのその行為がきらいではなかった。いや、自分に正直になるなら、好きだった。そのときだけは、まだ彼から愛されているような気持ちになるからだ。いや、まだ彼を愛しているような気持ちに、だろうか？　このことを考えるといつも混乱する。

　柚はパソコンを終了させた。終了させるだけではなく机の上から床になぎ倒したい気分だった。もちろんそんなことはしない——パソコンを壊したくないからではなく、壊した理由を夫に説明することができないからだ。

　かわりに荒々しく抽斗を開けて、ノートを取り出した。使い終わった資料の紙束の中に紛れ込ませている緑色のノート。

　それを持って窓辺の椅子に座った。今ではそこが自分の本当の仕事場であるように感じている。ノートの中には、パソコンの中とはべつの物語があった。アイディアはパチンと消えずにひそかに少しずつ成長したのだ。やはり何度も書き直したが、その作業にうんざりすることもなく、むしろ熱中して、少しずつだがたしかに物語ははじまろうとしていた。真哉の知らない物語。柚だけの物語。少女はすでに「さかさまの国」へ旅立つ予感に捕らわれている。

　ボールペンを動かして言葉をひとつ綴るごとに気持ちが落ち着いてきた。〝趣味の小説、新しいストーリーを思いついたところなんです。それがちょうど、クモオさんからの手紙が届いた日だったの〟クモオにそう書いた。あれは嘘だった。実際には、彼へのはじめての返事を書いたのは、絶望的な、ひどい気分のときだった。

　でも、嘘ではなかったのかもしれない。柚はそう考えた。あるいは、考えることにした。〝それが、意味があることのような気がしています。というか、意味がある、と私は思いたがっています〟そう、嘘ではない。嘘ではないことにしよう。

3

走ってきたところです。

今ぐらいの気温が、走るにはいちばん快適ですね。半袖のTシャツとスウェットパンツで外に出た瞬間は寒いんだけど、走ってるうちにいい具合になってくる。走り終わって汗を冷やして風邪を引く危険もそろそろあるけど。あいかわらずへんな時候の挨拶ですね。花鳥風月の話題が苦手な僕です。

手紙、びっくりさせてしまったかな。びっくりならまだいいけど、引かれてしまったかも。凜子さんからの返事を待たずに、二通目を書いてるわけだから。でも、書きたかったんだ（子供か！）。よければ読んでください。あ、返事を催促してるわけじゃないからね。

恋人と別れました。

泣かせてしまったことは前回の手紙に書きましたよね。あのあと、ずっと気まずいのが続いていて。僕が修復の努力をするべきだったのだろうし、彼女がそれを望んでいたのもわかっていたけど、結局、僕はそれをしなかった。

別れを切り出したのは僕のほうからです。香林坊の行きつけのバーで、ずっと黙り込んだまま飲んでて、気がついたら「別れよう」と言っていた。「やっぱりね」というのが彼女の最初の一言でした。それから、好きな人がいるのかと聞かれた。いない、と僕は答えたけど、彼女は信じてないみたいだった。

まあ、そういうことです。正直言えば、そのあとまた泣かれたし、修羅場と言えるのも数回（!）あったんだけど、詳しくは書きません。自分がこれほど冷酷になれるというのは意外だった。彼女がどんなに泣いても、訴えても、心はまったく動かなかった。やっぱり好きな人がいるんでしょうと再度聞かれ、このときは「ごめん、いるんだ」と答えた。それでようやく本当に終わりになりました。

こんな話、ウザいよね。ごめん。凜子さんには何の関係もない話なのに……。でも、話したかったんだ（またそれか!）。まったく勝手な考えだけど（だから気にしなくていいです）、僕の中では、やっぱりこれは凜子さんに関係あることに思えるから。

いろいろと気づいたことがある。

たとえば、さっきこの手紙で、彼女のことを「恋人」って書いたときに、ちょっとした違和感があったこと。もう別れたからそう感じたわけじゃないと思うんだ。はたして、彼女は僕にとって恋人だったのか、つまり、あれは恋だったのか、ということ。

恋について、こんなふうにじっくり考えたのは、はじめての経験だということ。恋というより、「自分の心」と言ったほうがいいのかな。そのきっかけをくれたのは、凛子さんとの文通だということ。

人の心は（僕の心は、なのかな）、案外容積が小さいということ。つまり、そうそう八方美人にはなれない。大切なことはひとつ、大切な人はひとり、それだけで心はいっぱいになってしまうんじゃないかということ。

そして今、僕にとって大切なのは、この文通であり、凛子さんじゃないのだろうか、ということ。

10月30日　クモオ

＊

「綴り人の会」の転送日が、自分の体内カレンダーというべきものに、今やすっかり刻み込まれていることに、柚は気づいた。

正当な理由はある――マンションの集合ポストに届く「綴り人の会」からの封筒を、真哉に気づかれないように確保する必要があるからだ。

幸い、これまでのところはうまくいっている。郵便が配達されるのはいつも正午前後で、真哉はすでに仕事に出かけている時間だし、たまたま遅く家を出ることはあっても、夫は行きがけにポストをあらためることはしない。転送日が土曜日に重なったことはなかった。

もちろん、これから重なることはあり得るだろう。カレンダーを調べてチェックしておかなければ、と柚は考える。そうして、そんなふうに用心深くならなければならないことに、今さらびっくりさせられる。クモオとの文通が、今や自分にとっての、れっきとしたひみつ、夫から真剣に守るべきひみつとなっていることに。

実際のところ、文通をはじめた当初は、真哉に見つかることをさほど恐れてはいなかった。見つからないにこしたことはないけれど、万一見つかってしまっても、どうとでも言い抜けできると思っていた。ちょっとした興味。きまぐれ。クモオからの手紙を真哉と一緒に読んで、一緒に笑えばいいのだと。でも今、手紙の文面は一緒に笑えるものではなくなっているし、きっとこれからますます、真哉に見せられないものになっていくだろう。柚がさらに驚くのは、それがわかっていて、自分にこの文通をやめる気がないことだった。

自分を試すように、柚はあらためてクモオからの手紙を読んだ。

危険を冒す価値がある手紙というわけではないのだ。こちらからの返事を待たずに書かれた手紙。なぜ待てなかったのかといえば、彼にとっての大事件が起きたからで、それは恋人との破局。額面通りに信じるならば、彼がふったということになっている。あいかわらず幼稚な書きぶりで、そもそもこんなプライベートなことを書いてくる、ということ自体が幼稚だ。

つまらない手紙だし、つまらない男なのに。そのうえその男の姿形さえ、ぼんやりした影ほども浮かんでこないのに。浮かんでこないのは与えられた情報量や、その信憑《しんぴょう》性《せい》とは無関係で、ようするにどうでもいいからだと思う。どんな男でもいいのだ。美形でも醜男《ぶおとこ》でも、青年でも老人でも、サラリーマンでも無職でも。あるいはどんな女でも。

そのことに、柚はあらためて気がついた。

奇妙なことだった。文通をはじめた当初より、どうでもよくなっている。反比例して、この文通が、それにクモオが、大切なものになりつつある——まさに、彼が打ち明けたのと同様に。必要なのは文通でありクモオであって、クモオというのは、生身の人間ではなく、そっけないエアメール用便箋にボールペンの子供っぽい字——そう、この字を見るかぎり、クモオが男であることだけはたしかに思える——で綴られた文面そのものなのだ。

こうした作用は、クモオにも起きているのだろうか。薄っぺらい便箋数枚を通して、私たちは影響し合っているのだろうか——何か、意思とは無関係な超自然的な力によって。転送日の今日、クモオの元にも「凜子」からの手紙が届いているはずだ。これも奇妙なことに、今回のクモオからの手紙とちょうど釣り合うほどの深刻さをたたえた手紙が。

ばかげてる。柚は声に出してそう呟《つぶや》いて、手紙と封筒をまとめて手に取った。前回の手紙もそうしたように、シュレッダーにかけるつもりだった。が、立ち上がろうとしたとき、パン、という音が響いた。

それは記憶だった。が、まるで今このとき目の前で手を叩かれたように、その音は柚をぎょっとさせ、足元を揺らめかせた。力が抜けて、立ち上がれなくなった。あれは五日前のことだった。以来、その音はたびたび、不意打ちで柚の中によみがえる。パン。それは真哉が手を打ち合わせた音であり、同時に発された彼の声でもあった。

どこまでさかのぼってやり直せばいいのか。この頃柚は、そのことをよく考える。いくらだってさかのぼれそうな気がする。でも、そんなことをしたって意味がないから、たとえば五日前のことならば、ドレッサーの前から思い返すべきなのだろう。念入りな化粧。細心に眉を引き、淡いグリーンで目の縁をぼかし、アイラインは逆に黒でくっきりと、睫《まつげ》にはマスカラをたっぷり。コーラルピンクの口紅を引いた唇には、グロスものせた。

オフホワイトのジャージーのマキシスカートを穿き、上はぴったりしたレモン色のニットを着た。体に張りつくようなごく薄手のカシミア。ほどよく開いた胸元には子鹿のチャームがついた銀のネックレス。髪はもちろんシニヨンをほどいて垂らした。真哉は腰までのロングヘアが好きだから——というより、シニヨンがきらいだから。どこから見ても夫好み——「読者好み」と言うべきなのかもしれないが、真哉は自らの嗜好《しこう》を天谷柚の読者のそれと完全に一致させている——の出で立《い》《た》ちで、あの日、柚は家を出たのだった。

　それは突発的な思いつきだった。突発的な思いつきで行動することは、もうずっとなかった。でも、やろうと思えばできるのだ、ほらこんなふうに。そう思いながら、タクシーに乗った。行き先は真哉が勤める出版社だった。午後五時少し前。今日の午後はずっとデスクワークで、七時前には家に帰れると聞いていた。

　真哉はいないかもしれない。会社のロビーで、受付嬢に自分の名前を告げたとき、ちらりとそう思った。理由はわからないが、デスクワークというのは嘘かもしれないし、それこそ突発的な予定が入ることだってあるだろう。瞬間、いないほうがいい、と思ったような気もする。だが彼はいた。受付嬢が「そちらでお待ちください」と傍らのソファを示し、柚がそこに掛けて三分としないうちに、真哉はエレベーターで降りてきた。まるで約束でもしていたように、「やあ」と片手を挙げて、にこやかに近づいてきた。

「ちょっと、来てみたくなったの」

　柚がそう言うと、「なるほどね」と真哉は笑顔で頷いた。それから彼は、柚を自分の職場へ連れていった。行く途中にも彼の部に着いてからも、顔見知りの編集者たちが何人もいて、挨拶を交わし、今日はどんなご用でと聞かれると、真哉が「僕に会いに来たんだよ」と答えて囃された。編集部でしばらく談笑したあと、夜の予定がないというふたりを誘って、四人で食事に行くことになった。六本木の、塊肉を豪快に焼いて食べさせる店の予約が取れて、食事はおおいに盛り上がり、そのあと近くのバーで軽く飲んでから散会した。

真哉も柚も酔っていた——真哉は、柚と一緒に飲むときはたいていそうであるようにその夜も自制していたし、柚ももちろん同様だったから、それなりの酔いかただったけれど。それでもその夜、柚は自分が、いつもよりは少し酔っていると感じた。つまり、そう思うことで自分を鼓舞した。

タクシーの中で、その夜はじめて柚は夫とふたりきりになった。はじめ、ふたりはあまり喋らなかったが、それは気怠《けだる》い、気まずくはない沈黙だったから、このまま黙っていようと柚は一度ならず考えた。

「今日はいきなりごめんなさい」

だが、柚ははじめてしまった。怒ってる？　と夫に聞いた。

「怒ってないよ。ちょっとびっくりしたけどね」

真哉は穏やかに答えた。もっと何か言うのを柚は待ったけれど、それきりだった。あのね、とだから柚は言った。

「仕事、あまり進んでないの」

「うん」

と真哉は頷いた。わかってたよ、というふうに。だから？　と促すように。

「今度の小説、あまり気が進まないの」

「そうなの？」

「ええ。あまり書きたくないみたいなの」

「書かなくちゃだめだよ」

「もし、書くのをやめたら、どうなるのかしら？」

軽い調子で柚は聞いた。冗談めかして。真哉も冗談で応えることができるように。夫は不思議そうに柚を見た。いったい今の言葉は誰が発したんだろう、というふうに。

それからおもむろに、手を叩いた。パン。柚の顔の前で。その動作を補強するように
「パン」と発声しながら。

「そうしたら、僕は消えちゃうよ」

真哉はそう言ったのだった。やさしく微笑しながら。

柚はふるえた。それを夫に気づかれまいとすることで精一杯だった（でも、きっと気づかれていただろう）。今もふるえる。あの「パン」という音がよみがえるたび、吐き気に似たふるえがくる。

どういう意味？　と柚は聞き返せなかった。なぜふるえるのだろう？　そのことが、柚はこわかった。ふるえること自体が。どのような意味でも、真哉に消えてほしくない、と自分が望んでいることが。

クモオからの手紙を、柚はシュレッダーにかけなかった。これから来る手紙はきっとすべて保存することになるだろう。隠し場所を考えなければ、と柚は思う。

＊

こんにちは。

ふるえながら書いています。

ふるえているのは寒いからで、なぜなら私はデニムにタンクトップ一枚で、おまけにすぐ横の窓が全開だから。午前十時で、東京は雨で、昨日までよりずっとつめたい外気が入ってきます。

夫を会社に送り出したあと、もういちど眠る——その努力をする——ために、カーディガンを脱いだところで、突然、どうしても手紙が書きたくなって、ここにいます。薄着なのはそういうわけ。昨日一睡もしてなくて重い頭をはっきりさせるために窓を開け放ったというわけ。だったら立ち上がって、窓を閉め、カーディガンを羽織ってくればいいじゃないかと思うでしょう？　でも、どうしてもそれができないの。

ふるえているのは、本当は寒いからじゃないの。窓を閉めて、カーディガンを着ても、自分がまだふるえている、ということを知るのがいやなの。ふるえているのは痛みのせい。蹴られた脇腹と、折れるかと思うほど強く摑《つか》まれた左の手首（右じゃなかったのは幸い。手紙が書けるから）。でもいちばん痛いのは心。痛めつける人も、そのことはよくわかっているのよね。そのことで、私がふるえるだろうことも。そして私から、希望や意思が失われるだろうことも。

どうしてこんなことを書いているのかしら。でも、まだクモオさんは知らない。書き終えて便箋を封筒に入れ、封をして、「綴り人の会」に送るまでは、クモオさんには伝わらない。そう思いながら、書いています。こんなこと、クモオさんに言うべきじゃないし、クモオさんだって、知りたくなんかないわよね。

まだ、書いているだけ。吐き出しているだけ。それだけなら、クモオさんの前では、ちょっとぐらぐらしたところはあるけれどそう不幸でもなさそうな主婦・凜子のままでいられる。そう思いながら、書いています。

でも不思議ね。つまりこれは今のところ、日記みたいなものなんだけど、クモオさんというひとと出会わなければ、決して書かれなかったものだということ。ペンの先にはあなたがいるの。というか、あなたが私にこれを書かせているの。そうして私は、この手紙をあなたの元へ送ってしまうだろうことも、たぶんもうわかっている。

最初の自己紹介文に、私が「私を連れ出してくださる方からのお返事を待っています」と書いたことを覚えている？

クモオさんは、入口なの。出口といったほうがいいのかしら。どちらにしても、私が「綴り人の会」に入会したのは、それを見つけるためだったのだと思います。あるいは、それが「ある」のかどうか、知るためだったのだと。希望も期待もほとんどなかった。でも奇跡が起きた。今それは、まだまだ遠くて、でも灯りが点《とも》っているのがたしかに見える。

私はその灯りに向かって歩いているの。私がクモオさんに手紙を書くというのはそういうことなの。ふるえが少し収まってきました。だからこの便箋を折りたたむことも、封筒に入れることも、きっとできると思います。

11月1日　凜子

＊

手紙を読んで以来ずっと、自分の左手首が疼くような感じを航大は覚えていた。

凜子が痛めつけられたのは脇腹と手首。空手をやっていた頃、子供同士の組み手ではあったが脇腹を蹴られたことがあり、リアルに想像できるのはそちらの痛みのほうだが、文面から自分が受けたダメージ――そうだこれは紛れもないダメージだ、と航大はあらためて認識する——は、手首のほうが強い。今や航大の中の凜子像は、ますます華奢《きやしや》に、儚《はかな》げになっているので、その細い手首を男の手が力いっぱい摑んだのだと思うと、どこにいても「うっ」と声が洩《も》れそうになる。

衝撃的な手紙だったし、非常識な手紙でもあった。凜子自身が書いていたとおり、数通の手紙を交わしただけの相手に打ち明ける種類の話じゃないだろう、とも思う。にもかかわらず、自分が引いていないことを、航大はたびたび自分に確認する。ダメージはあるが、うんざりしてなどいない。臆してもいない。むしろ闘志がこみ上げてくるのを感じる。凜子の力になりたいという闘志であり、彼女を痛めつけた男に対する闘志だ。痛めつけた男。いや、痛めつけている男だ。手紙の文面からして、暴力が突発的ではなく、日常的なものであることは間違いない。そしてその男が、彼女の夫であることも。わかってみれば、これまでの彼女の手紙がたたえていた不安定さにも説明がつく。凜子像のピースが、かちりかちりとはまっていく。その感触に自分が興奮していることに航大は気づく。

「では今日はここまで。目をあけたまま寝てるひとはそろそろ起きる時間ですよ」

講義の終わりを告げるベルが鳴った。講師のいやみったらしい最後の一言は、まさか俺を指してたんじゃないよなと思いながら航大は席を立った。今日このあとはもう講義はない。一日はまだたっぷり残っているが、三年になってからバイトもしていないし、何の予定も入っておらず、仕方なく部室に向かう。今日はサークルの活動日ではないが、誰かいるだろう。

図書館の裏の、うっそうとした林を背負ったサークル棟の、錆《さ》びた鉄階段を上っていく。廊下を歩いている途中から、沙織の笑い声が耳に届いた。女子数人でたむろしているらしい。うっとうしい状況だなと航大は思うが、一方で、沙織がいることを期待して自分は部室まで来たのだということも認めざるをえない。別れた、と凜子の手紙には書いたが、実際にはまだはっきりした話にはなっていない。

「よう」

ことさら何気ない様子でドアを開けたが、その瞬間、話し声はぴたりと止《や》んだ。スチールのテーブルの上にはスナック菓子と缶ジュース。折りたたみ椅子で角を囲んで、沙織と同期の女子ふたりがいる。

「久しぶり」

まるで航大が素っ裸で入ってきたかのような目で見上げている三人に向かって、航大は掠《かす》れた声を発した。

「だっけ?」と沙織が応じて、ふたりの女がクスクス笑う。

早々にいたたまれなくなったが、踵《きびす》を返すのも屈辱的で、航大は平静を装って反対側の角に掛けた。

「暇そうだね」

何か言わなければと思い、あげくそんなことを言ってしまう。女たちは顔を見合わせ、結局沙織が、「航大ほどじゃないけど」と返す。

「何やってたの？」

「べつに」

「それ、俺も食っていい？」

無言でスナック菓子の袋が押し出される。航大は中身をひとつ取って口に入れ、うまいとも何とも思わずに飲み下した。

間ができる。俺が口を利かなければ、こいつらは会話する気もないんだろうかと航大は思う。俺が来るまではきゃあきゃあ笑いさざめいていたくせに。何を話していたんだろう。

金沢までリクルートスーツを買いに行った日、気まずく別れ、それは航大が沙織に腹を立てているせいだったはずなのに、自分のほうから沙織に電話してしまったのがまずかった。下手に出てやっているのに沙織は不機嫌なままで、機嫌を取るためにさらに下手に出なければならないという悪循環で、まるで航大が追いすがっているふうになっている——もう別れようと、一時は思っていたのに。

「何か、俺、じゃまっぽいね」

もっとべつのことを言うつもりで、またそんなことを言ってしまう。女たちは顔を見合わせ、沙織ではないひとりが仕方なさそうに「全然」と返した。

「女同士の話とかあったんじゃねえ?」

「まあねえ」

と、同じ女が言った。

「あれ、もしかして俺の噂《うわさ》とかしてた?」

「すごい自信だね」

もうひとりの女が言い、三人の笑い声が合わさった。こんなのはよくあるジョークの応酬だと思いながら、嬲《なぶ》られている、という感覚が募ってくる。だいいち、沙織はなぜ会話に加わってこないのか。

「航大、何か用があってここに来たんじゃないの?」

その沙織が口を開いた。いや……と航大は慌てる。

「ちょっと時間空いたから、本でも読もうと思ってさ」

「そう、じゃごゆっくり。じゃましちゃ悪いから、あたしたち行くね」

沙織のあとを追ってふたりの女もばたばたと立ち上がり、ドアが閉まった瞬間に、笑い声が聞こえた。押し殺したふりをして、そのじつ聞かせようとしているような笑い声。

航大は呆然と取り残される。自分がひどく傷ついていることを、いまやどうしようもなく認めながら。

*

まず、言っておきたいことがあります。

打ち明けてくれてありがとう。

信頼してもらってると思っていいんだよね。そのことにお礼を言いたいです。勇気がいることだったと思います。そして僕が、この前の手紙を投函《とうかん》したあとにそうなったように、きっと凜子さんも、後悔したり、不安になったりしたんだと思う。僕が書いたことと凜子さんが書いたこととは比べようもないけど(そして今、その重さの違いに、あらためて後悔しているわけだけど)。

でも、凜子さんは後悔なんてしなくていいし、不安になる必要もないからね。話してくれてよかった。心から、そう思っています。

もちろん、まだすべてを知ったわけじゃない。すべてを話してほしいとも言いません。時間が必要なのはわかります。ただ、とても心配しています。凜子さんが陥っている状況について、今、僕が想像できるのはそのほんの一部に違いないけど、それだけでも胸が苦しくなる。本当に苦しくなるんです。こうしてる今も、凜子さんがひどい目に遭ってるんじゃないかと思うと、気が気じゃない。

誤解だったらすみません。

蹴るとか、手首を摑むというのは、何かの比喩《ひゆ》じゃないよね？　そういう暴力をふるっているのは、凜子さんと一緒に暮らしている人だよね？　そして、暴力は、今回がはじめてじゃなく、もしかしたら日常的なものなんだよね？　繰り返しになりますが、僕には凜子さんの事情はまだほとんどわかりません。暴力をふるう人と、どうして一緒に暮らしているのか。一緒に暮らさなければならないのか。時々耳にする、一般的なそういう事例を参考にして、安易に想像することはしたくない。

でも、僕は凜子さんの力になりたい。

もう、うぬぼれてるとでもどうとでも、思ってくれていいけど、凜子さんが僕に打ち明けてくれたこと、それにはやっぱり意味があるんだと思います。だからそれに応えたいんだ。そのためにはもう少し知る必要がある。無理にとは言いません――少しずつでも。

僕にどれだけのことができるかはわからないけど、僕は凜子さんのために力を尽くす、そのことは絶対に約束します。

この手紙、今すぐに凜子さんに届けたい。「綴り人の会」の転送日が月に二回しかないのがもどかしい。これはひとつの提案なんだけど、僕らが直接やりとりすることは難しいのかな。そちらの家に個人名の手紙が届くのがまずいなら、私書箱を使うという方法もあると思います。ちょっと調べてみようかな。どう思う？

無遠慮な書き方になってしまったかもしれない。気が急《せ》いているせいです。凛子さんの体も心も、今以上に一ミリも傷ついてほしくないから。

返事を待っています。

11月7日　クモオ

*

凛子への手紙は一度書き直した。

はじめは私書箱のことを思いつかず、直接文通するのはどうだろうかとだけ書いていた。手紙を封筒に入れるときになって、それを提案するならまず先に自分の住所を明かすべきだと気づき、それから、明かせるわけがない、最初の手紙で「金沢在住」と嘘を書いてしまったのだから、と気づいたのだった。

となると、凛子のほうから直接の文通を求めてこられると困ったことになるが、その心配はまずないだろう、と航大は思う。俺からの手紙を女名で出すとしても、頻繁に届く封書を、DV男が見過ごすはずはない。それとも、「綴り人の会」経由が今のところ問題ないということは、直接のやりとりもできる環境にあるのだろうか。まあ、そのときはそのときだ。いっそこちらも、全部本当のことを打ち明けてしまったらどうか。

自分が考えたことに航大は自分ではっとした。全部打ち明ける？　金沢ではなく魚津に住んでいることだけでなく、エリートサラリーマンではないこと、三流大学に通う何の取柄もない二十一歳であることまで？　いや、それはだめだと航大は強く自分に言う。すくなくとも、今はだめだ。まだその時期じゃない。

もちろん凜子は、金沢に住むエリートの三十五歳だから俺を信用しているわけじゃない。俺にはそれがわかる。性別はもちろん、環境や立場や年齢は違っても、俺と彼女はある意味で同類なのだ。俺たちは、それぞれの心のいちばん脆《もろ》い、柔らかい部分で響き合っている。だからこそ彼女は俺に打ち明けたのだし、俺も臆さなかったのだ。

今、俺の本当のプロフィールを彼女に知らせると、何か逃げているように思われるかもしれない。航大は、そう考える。それに俺が大学生だと知ったら、彼女は身を引くかもしれない。自分の状況は、俺の手には余ると考えて——いや、彼女の性格なら、巻き込んではならない、と考えるだろう。凜子は自分の幸福より俺の幸福を優先させるだろう。彼女の幸福が俺の幸福でもあると、凜子が理解するまでは、俺はまだ、三十五歳貿易会社勤務のクモオでいたほうがいい。

午前三時を過ぎていた。航大は自室のパソコンで、私書箱について調べた。一通りの情報を得ると、次は「凜子」で検索をかけた。同名の女優にかんする情報のほか、同名の一般人のブログサイトが多数出てきて、それをひとつずつ眺めてまわった。自分が文通している凜子についての、手がかりらしきものを探そうとしたのだが、もちろんなにもわからなかった。あの凜子がブログを書いているはずもない。それでよかった。むしろ、あの凜子が自分だけのものであることをたしかめるために、そうしていたのかもしれなかった。

4

つい数日前に手紙を送ったばかりなのに、またこうしてペンを取っています。

今回は私がクモオさんをびっくりさせる番ですね。びっくりじゃなくて、うんざりさせていないといいけれど。前回の手紙のこと、後悔しています。

！！！

うそつき。

今のは自分に言ったの。本当は後悔なんてしてないの。クモオさんに知ってほしかった。はっきり書きますね。私は夫から暴力をふるわれている。そのことをクモオさんに知ってほしかった。

呆《あき》れた女ですよね。クモオさんの気持ちなんてお構いなしなんだから。「どん引き」はご遠慮なく。かかわり合いになりたくないと思ったら、お返事はいりません。と言いつつ、お返事を待たずにさらなる手紙を書いているわけだけど。次の転送日にクモオさんからのお手紙が来なかったら、こちらからはもう出しませんから、安心してください。これは、凜子からの最後の手紙になるかもしれないですね。だから今回は、こわい話や痛い話は書きません。恋のことを書こうと思います。この前のクモオさんからの手紙の中にあった「つまり、あれは恋だったのか、ということ」という一文を、あれから何度も思い出していました。

そして、同じことを私も考えたの。あれは恋だったのか。

夫と出会ったのは私が二十五のときでした。私はひとりぼっちだった。十五のときに母を病気で亡くして、そのあと父がパートナーにした女の人たち(ふたりいました)とうまくやっていくことができなかったので、高校を卒業するとすぐに家を出ました。知り合いはいたけれど友だちはいなかった。私は頑《かたく》なな、暗い娘だった。ひとりぼっちで生きることに——ひとりぼっちでも生きていけると自分に信じさせることに——懸命になりすぎていた。友だちも、恋人も、自分には不必要な、よけいなものだと思っていた。世界のすべてが敵であるような気がしていた。そんなときに出会った夫を、この人だけは味方だと、私は思い込んでしまった。

あれは恋だったのかしら——あの頃の私が、幸福な熱に浮かされながら、くもりなく信じていたように。

答えは出ません。結局のところ、この問いかけは、「恋って何？」という疑問に行き着いてしまうから。恋って、何なんでしょうね。突然降ってくる。突然つかまる。すばらしくて美しくてあまいだけのものじゃなくて、本当のところ、悪いものなのかも。でも、もう二度とつかまりたくない、とは思えなくて。

あれも恋だったのかもしれませんね。でも、悪い恋だったのだと思う。正しくない恋。間違った恋。それでも恋、ということだったのかも。そこが問題ね。一度間違えると、正すのはとてつもなくむずかしい。でも、正せない、とは言い切れない。

なんだか重い文面になってしまいましたね（いつも？）。もっと楽しいことを書くつもりだったのに。便箋もあかるいオレンジ色にしたし（意味ない？）。そういえばクモオさんのお手紙は、いつも同じエアメール用の便箋ですね。見るたびに、クスッと笑ってしまいます。すごくクモオさんらしいと思って（本当です。だからどうか新しい便箋を探したりしないでね）。

今このとき、クモオさんは何をしているのかしら。この頃、よく想像します。今は？今日は土曜日だから、空手の道場にいるかしら。

道着姿のクモオさん……それも、最近お気に入りの想像のひとつ。日焼けは、もう褪《さ》めた頃かしら。でも毎朝走ってるんだから、ふつうのサラリーマンよりは黒いですよね。道着の白がきれいだろうな。私にとって空手というのは、ごく限定された（クモオさんに言ったら笑われること間違いなしの）イメージしかないんだけど、それでも想像で空手の演武（っていうのかしら？）をするクモオさんの姿は、美しく、力強い。

無許可で申し訳ないけど、その姿をお守りにしています。思い出すと——というより、私の中に（想像の）クモオさんがいると思うと、少しだけ勇気が出るの（そのせいで、顔の痣がひとつよけいに増えもしたけれど）。

長い手紙になりました。さっきあんなふうに書いたけど、お返事を期待していないと言えば嘘になります。いいえ、違う。お返事をくるおしく待っています。

11月7日　凜子

＊

その日、航大は大学へ行かなかった。

出席日数があやうい講義があったのだが、郵便配達が来るのを待っていたら午後になってしまった。

オートバイの音を聞きつけて、二階の自室から階段を駆け下りる。「何事？」という顔で見る母親を押しのけるようにして、表に出る。ポストの中に、ＤＭの類いと交じって「綴り人の会」からの茶封筒が入っているのを見たとき、ほとんど感動と言っていい喜びとともに、やっぱり、と航大は思った。

自室に戻り、ドアをぴったり閉めて茶封筒を開ける。そこに入っているのがまぎれもなく凜子からの封書であることをたしかめて、あらためて感動の吐息をついた。順番から言えば、今日十一月二十五日の転送日には、凜子が航大からの手紙を受け取る番だった。だが、凜子は手紙をくれた。やっぱり来た。来る予感があった。転送日を待ちきれず、四六時中凜子に手紙を書きたいと思っている自分と同様の心境に、凜子もきっと近づいているはずだと。まるでプロポーズの返事でも待つような気持ちで、予感があたることを祈り、そしてそれは的中した。

手紙を、航大は繰り返し読んだ。読むたびにあらたな発見があり、発見は興奮であり喜びでもあった。もちろん喜ばしいだけの文面ではない。「はっきり書きますね」という冒頭の宣言通りに、今回の手紙では凜子の表現はかなり直截的《ちょくせつてき》になっていて、「顔の痣がひとつよけいに増えもした」などと書かれているのを読めば、航大は体の芯をぎゅっと摑まれるような痛みを覚えた。だが、その痛みにも喜びが含まれていた――凜子の痛みは今や完全に自分の痛みになっている、という喜びが。

あまりにも手紙に集中していたので、携帯電話が鳴り出したとき、かけてきたのは凜子であるような気がした。彼女は航大の携帯番号は知らないが、「くるおしく」クモオと話したくなって、でたらめにボタンを押したら、それが繋がったのではないか、と。

しかし当然そんなことは起きるはずもなくて、ディスプレイにあらわれた発信者名は

「沙織」だった。はい。航大は応答し、その声の乾いた響きに自分で驚き、それもまたいびつな興奮と喜びになった。

沙織も驚いているようだった。たった二音節の応答でも、心のありようはあらわれてしまうんだなと航大は思う。それで沙織が、少しおどおどした感じになるのも小気味よかった。相談があるというので、三十分後に駅前で待ち合わせをした。

たぶん、最近ぎくしゃくしてるから、なんとかしようよという話なのだろうと思っていた。そう言われたらどう答えようか。むろん凜子のことを明かすつもりなどないが、ほいほいと同調する気もしない。別れ話を切り出すつもりはないが、以前の俺とは違うのだということは沙織に思い知らせたい。

しかし沙織に会ってみると、まったく予想外の展開になった。バイト、ちょっと手伝ってほしいんだけど。つまりそれが相談だった。バイト先の編集プロダクションが請け負っている住宅情報誌の企画で、魚津の駅周辺で通行人を呼び止めて「お気に入りの飲食店」についてインタビューするのだという。

いやだったらべつにいいけど。そう言う沙織の口調は再び高圧的なものに戻っていて、なんだよ電話でおとなしかったのは呼び出すための演技かよと航大は腹立たしくなるが、なぜか「わかったよ、手伝うよ」ということになってしまう。ロータリーの周囲を並んでぐるぐる歩くうち、インタビューは沙織がするが、声をかけるのは航大の役割ということまで決まってしまった。

「あの……すみません」

ラベンダー色のニットコートを着た、若妻ふうの女性に声をかける。振り向いた顔は、それまでのふたりよりは好感触に見える。

「〝リブライフマガジン〟の者なんですが」

沙織に教わったとおりの科白を航大は吐く。

「はい？」

「今度、〝魚津、ここがおいしい！〟という特集を組むことになって」

「はい？」

「あの、よかったら、教えていただけませんか。インタビュー、五分ほどですみますから」

「あ、結構です」

うんざりした表情と、虫でも払うように手を振られたことで、「結構です」は拒否の意なのだとわかる。えっと。最初の反応が悪くなかったので航大は食い下がってみようとするが、女性はさっさと歩き去っていく。結局のところ、前のふたりと同じ結果だった。

「なんだろ、あれ。食いもの屋じゃなくて、べつのこと聞いたら食いついたのかな」

苦笑いしながら沙織にそう言ってみたが、にこりともしない。挙げ句、「あきらめるのが早すぎるよ」とだめ出しをされた。

「しょうがねえじゃん。向こうには答える義務もないんだからさ」

「答えたくなるような持っていきかたがあるんじゃないの？　ていうか、なんで似たような人にばっか声かけるの？」

「答えてくれそうな人を選んでるんじゃん」

「それで結局全敗してるじゃない。なんで楽なほう楽なほうに行くわけ。ほんっと、やる気ないよね」

「やる気、ねえよ。俺の仕事じゃねえもん。ごちゃごちゃ言うなら自分で声かけろよ」

たまりかねて航大は大声になり、さらなる反撃が来ることを予想して身構えたが、沙織は天を仰ぐようにして溜息を吐いた。

「あたしの気持ちわからない？」

この女のこういう表情は本当にいやな感じだと航大は思う。

「正直に言うけど、航大さあ、本当にだめっぽいじゃん。将来のこと、まだ全然本気で考えてないでしょう。就職活動もろくにやってないみたいだし、かといってほかになにかしてるふうでもないし。人間はさあ、何もしないで生きていくわけにはいかないんだよ。あたしたち、家が大富豪ってわけじゃないんだから、まず経済的にそれは必然だし、精神的にだってそうだよ。航大見てると、無気力がうつりそうで苛々する」

途中から航大は聞いていなかった。聞いていないのに、沙織の説教の断片は体中の穴から侵入してきて、蛆《うじ》みたいに体の中を這《は》い回った。沙織はまだ喋り続けている。……ぶっちゃけ、こんな仕事、あたしひとりだってできるわよ。だけど航大に、少し考えてほしくて。仕事とか、生きてくとか、そういうことをさ……

「うるっせえよ！」

自分でびっくりするほどの声で航大は怒鳴った。さらにびっくりしたのは、怒鳴るのと同時に手が出て、たまたま横にあったバスの時刻表を殴りつけたことだった。ガーンという大きな音が響き渡り、通行人がいっせいに振り返った。航大は沙織に背を向けて歩き出した。

駐輪場から自転車を引き出して漕ぎ出す。沙織の引《ひ》き攣《つ》ったような顔が脳裏に浮かぶ。ざまあみろ、怯《おび》えてやがった。そう思うと動悸《どうき》が少し収まるようだった。右の拳がひどく痛んだが、痛みには懐かしさがあった。こんな痛みは、空手をやっていた頃には日常だった、と考えた。

「除光液を買ってくるわ」

柚は真哉に言った。ジョコーエキ？　昼食のあと、そのままダイニングテーブルで校正刷《ゲラ》りを読んでいた真哉が顔を上げる。

「マニキュアを落とす液。切らしちゃったから」

「マニキュアなんて塗ってたっけ？」

ほら、と言って柚は左手を夫に見せた。ずいぶん前に買ってほとんど使ったことのない朱赤のネイルカラーが、人差し指一本だけに塗ってある。

「すごい色だな」

不興そうに真哉は眉をひそめたが、それは柚の予想通りだった。

「ペディキュア用に買ってたのを、何となく塗っちゃったの。気持ち悪いから早く落としたいんだけど、除光液がなくて」

「それは大変だ。早く行っておいで」

くすくす笑いながら玄関に向かう柚の背中に「車、出そうか？」という真哉の声がかかった。柚は息を吞《の》み、振り返らないまま「ノーサンキュー」と答える。

「除光液はコンビニで売ってるのよ」

「そうか」

エレベーターに乗り込み扉が閉まり下降をはじめても、まだ動悸がしていた。今にも扉が開き、階段を駆け下りてきた真哉が「一緒に行くよ」と乗り込んでくるのではないかと。神経質になりすぎよ。柚は自分に言い聞かせる。「それは大変だ」と茶化すのも、

「車、出そうか?」と聞くのも、いつもの夫だ。彼が私を疑う理由など何もない。

ロビーの集合ポストの前で、マンションの住人と出会って会釈する。ポストの前でバッグの中身を調べるふりをしながら、その女性がエレベーターホールのほうへ立ち去るのを待った。ナンバーキーを回してポストを開け、たくさんの郵便物の中から、「綴り人の会」の封筒を見つけ出す。それだけをバッグに入れて、足早にマンションを出た。転送日である今日、十一月二十五日は平日だが、真哉は少し風邪気味なのと、読まなければならないゲラが溜まっているからと、会社を休んだのだった。いずれそういうことも起きるだろうと予測していたはずだったのに、いざとなると情けないほど動揺してしまった。

徒歩五分の距離にあるコンビニエンスストアに入ると、まっすぐにトイレに向かった。自分の行動を滑稽に思おうとしながら、個室の壁にもたれてクモオからの手紙を読んだ。便箋——あいかわらずの白地の薄紙——を広げるときに指がふるえて、柚は気づいた。自分が今日、わざわざマニキュアを塗り、言い訳をこしらえて家を出てきたのは、真哉より先にポストから手紙を取り出すためというよりは、一刻も早くクモオからの返信が読みたかったからかもしれない、ということに。

この前クモオに送った手紙は、賭けだった。凜子がいわゆるDVを受けている女だと知ったら、クモオは引くのか引かないのか。それを試す気持ちがあったのだ。

クモオは引かなかった——涙ぐましく、笑えるほどに。「打ち明けてくれてありがとう」で手紙ははじまっている。こうしている今も凜子がさらなる暴力を受けているのではないかと心配してくれている。

実際のところ、笑ってしまった一文があった。蹴るとか、手首を掴むというのは、何かの比喩じゃないよね？　というところ。じつは比喩なの、と書き送ったらクモオはどうするだろう。夫が私にふるっているのは肉体的な暴力ではないの。でも私は痛みを感じているし、いつまでも快復しない傷が残るの。そう書いたら、クモオは怒り出すだろうか。

このことについては、でも、クモオをだましているという気持ちにはならなかった。本当のことを明かすためには何もかもを明かさなければならないだろうと思ったから、「比喩」にしたのだった。でも、それなら何も書かなければいいだけのことなのだから、比喩にせよ書いたということは、わかってほしい、と私は思っていたのかもしれない。そうして今、クモオの手紙を読みながら、柚は満足を覚えていた。私がわかってほしいことを、クモオはわかってくれている、と感じていた。

今日、クモオの元には、今月二回目の凜子からの手紙が届いているだろう。彼に倣って、返事を待たずに次の手紙を送った。どうしてそんなことをしたのだろう？　柚は自問する。この頃、自分の一部が乖離《かいり》して得手勝手に動いているような感覚がある。たぶん、本当に知りたかったのだ。あれは恋だったのか。あるいは、クモオに言い訳したかったのだ。「暴力」をふるう夫となぜ暮らしているのか。あるいは、これは愛なのか。そうして、クモオを搦《から》めとりたかったのだ。それこそ蜘蛛の巣を張り巡らせるように。クモオが引こうとしているのなら、引き戻すように。まだ逃げ出す気がないのなら、いっそう強く絡みつくように。

クモオはもう逃げないだろう。封筒を折りたたみながら、柚は確信した。今、イメージされるのは、蜘蛛の巣ではなくて瓶だった。クモオはすでに、そして私も、その瓶の中にいる。逃げるというなら、むしろ自分自身がその心配をしなければならないのかもしれない。

除光液とバナナと雑誌を一冊買って柚は戻った。

バナナはケーキを作るため、雑誌は、買いものに時間がかかった言い訳のために買った。久しぶりに立ち読みしちゃったわ。そう言って、フィットネスを特集している雑誌を真哉に見せた。

「フィットネス、するの？」

真哉はまだダイニングでゲラを広げていた。

「してみようかと思って」

どうしようかと迷った末に、柚は真哉の向かいに掛けた。「綴り人の会」の封筒と、クモオの手紙が入っていた封筒はコンビニで捨て、便箋はごく細かく折りたたみ、財布のカードホルダーに押し込んである。財布はトートバッグの底にあり、バッグは椅子の足元に置いた。

「そんなひょろひょろしてて、これ以上どこを絞るわけ」

「もうちょっと筋肉をつけたいの。ひょろひょろって言われないように」

「天谷柚に筋肉は似合わないよ」

水を浴びせられたような心地がして、とっさに柚は手を伸ばし、テーブルの端にあったティッシュペーパーを取った。除光液を含ませて、左手のマニキュアに押しつける。まるで血を拭いたあとのようなティッシュを「ほら」と見せると、真哉は大仰に顔をしかめた。


柚は寝室に入って扉を閉め、鍵もかけた。

もしも真哉がドアを開けようとして鍵のことを不審がられたら、「雑誌に載っていた体操を試しているところで、おかしな格好を見られたくなかったから」と答えるつもりだった。

クローゼットの抽斗の奥から、小さく折りたたんだストッキングを取り出す。シュレッダーにかけなかったクモオからの手紙は、その中に隠してあった。今日来た手紙もそこに入れた。元通りにして抽斗を閉めようとして手を止めて、ストッキングの中から手紙を取りだし、抽斗の底に敷きつめたビニールシートの端を慎重にはがして、その下にあらためて隠した。

寝室を出て書斎に入る。パソコンを立ち上げ、私書箱について調べてみた。そういうサービスをしている業者はいくつもあるようだ。多くはネットで申し込みができ、翌日から使えるようになるらしい。もちろん本名や実際のアドレスは、業者にしか明かさないでいいシステム。私書箱に郵便が届いたら、メールか携帯の「ワン切り」で通知してくれるオプションもある。

試してみてもいいかもしれないと、柚は思う。クモオの言うとおり、そうすればもっと頻繁にやりとりができる。でも、なぜだろう？　柚は考える。どうしてそうしたいのだろう？　頻繁にやりとりして、どうなるというのだろう？　ひみつの文通相手から、ひみつの愛人に昇格したいとか？　まさか。会うことはもとより考えていない。クモオへの恋愛感情などないし、会えるはずもない――「本物の」クモオが何歳なのかはわからないが、どうであれ、二十八歳だと思っていた女がじつは三十五歳だと知ったら、その瞬間に彼の熱は冷めるだろう。

それなら私はどこへ向かおうとしているのだろう？　永遠に文通を続ける？　真哉に

見つかる危険を抱えながら？　まさか。それほどの価値がある相手ではない。今のところたまたま凜子に熱を上げてくれているというだけの、平凡で幼稚な男。繕った手紙を書いてさえ、底の浅さが透けて見えてしまうような男。そんな相手がなぜ重要に思えるのだろう？　そんな相手になぜ、嘘を吐きながらも、わかってほしいと思うのだろう？

こうした疑問の底には何かがあった。暗い井戸の底でチカリと光っている何か。光っているのに近づくにつれ黒々と見えてくるような何か。柚はそのことに気づいていたが、考えるのを避けた。

かわりに恋のことを考えた。あれは恋だったのか。恋だったのだろう、と柚は思う。クモオに書き送ったことの大半は嘘ではなかった。いや、真実ではなく事実ということなら、すべてが事実だった。

十五のときに母親を病気で亡くして、そのあと「新しいお母さん」がふたりあらわれたことも、そのことに耐えられなくなったのも本当だ。高校卒業と同時に家を出たのも――大学の寮に入った――、頑なな暗い娘だったことも、世界のすべてが敵であるような気がしていたことも。そうして二十五歳で真哉と出会い、心と体のすべてを持っていかれたことも。

ただ、もちろん、書かなかったことがある。たとえば大学在学中に児童小説を書きはじめ、卒業間際に書いた一作がわりと大きな賞をもらって、プロへの道が開かれたこと。

甘く考えていたつもりはなかったが、それからの約一年間は、さらに孤立無援になったこと。書いたものよりも柚の年齢や容貌が取りざたされて、揶揄《やゆ》され、中傷され、読んでもいない人たちから批判された。最初についた担当編集者は真哉ではなかった。「ベテランだから」と紹介された四十代の男性だったが、彼のアドバイスを受ければ受けるほど、書けなくなった。夜は度々彼に連れ回されて、文壇バーと言われる店で、常連の編集者や作家たちから、やっぱり揶揄され、中傷され、読んでもいないのに批判された。ひどい経験だったが、いいこともあった（と、当時は思った）。真哉と知り合ったのも、そういうバーの席だったから。

あれは恋だったのか。恋だと、当時は信じていた。真哉は解放者だった。最初の担当編集者の言うことに反論したり、拒否できるようになったのは、その結果、二作目の小説を、自分で納得いくものに書き上げることができたのは（そしてその結果、揶揄や中傷が減って、まともに批評してくれる人が増えてきたのは）、真哉のおかげだった。自分が真哉に育てられている、という感覚は、最初は甘やかなものでしかなかった。プロデュースという言葉を真哉が使うようになった頃、疑問が生まれ、やがて真哉は解放者ではなく支配者なのだと思うようになった。

それでもあれは恋だったのだろう。こうなったことの、柚も共犯者であったという意味で。柚は監禁されていたわけではなかったし、もちろん、肉体的な暴力をふるわれたことは一度としてなかった。家を出ることはいつでもできたし、真哉が決めたテーマとプロットに従って書くことを、断ることだってできたのだ。でも、三作目、四作目を上梓《じょうし》するごとに、高い評価を受け、児童文学作家として世間に認められるようになっていくと、真哉なしでやっていく自信は逆にどんどん失われていった。支配に甘んじて自分の大事な部分を摩耗させていったのは私自身だ、と柚は思う。その事実を、だって私は夫を愛しているのだから、彼と私は一体なのだからと、自分に説明しながらずっと過ごしてきたのだから。

柚はしばらく仕事をした。

真哉が家にいる間は、そうするのがいちばん安全に思えたが、キーボードを打つ手はすぐに止まって、「さかさまの国」のことを考えはじめた。

今日、緑色のノートを開くのは危険だ。わかっていたが、どうしても開きたかった。もう少しで第一章が書き上がるところまできていた。真哉はまったくかかわっていない、柚だけの物語の世界が、すこしずつたしかなものになりつつある。書き進めるのは危険すぎるとしても、ざっと読み返すことだけはしたい。そうすれば仕事をしているふりをしながら、続きを考えることができる。それがそこにある、というのをたしかめるだけでもいい。真哉は書斎に入る前には必ずノックをするから、ノートを隠す余裕はあるはずだ。

抽斗を開け、いつもの場所にそれが見つからないことに気づいても、パニックはすぐにはやってこなかった。よく探せば見つかるだろうと考え、うっかりべつの抽斗にしまったのかもしれないとも考えた。

すべての抽斗を開けた。あきらかにノートが収まるはずもない小抽斗まで荒々しく引き出したときには、脂汗をかき、息が荒くなっていた。ない。どこにもない。そもそも隠し場所を間違えるはずなどないのだ。間違いなく、左側の袖机の一番下の抽斗の、黄色いバインダーの中に挟んでおいたのだ。どうしてそれが消えているのか。

ドアが開いた。いきなりだった。真哉はノックをしなかった。

柚は思わず小さな声を上げた。開けていた抽斗を慌てて閉めたはずみに、親指を挟んでしまった。

「痛っ」

「あーあ」

と真哉は言ったが、半開きのドアにもたれたまま、近づいてこようとはしなかった。

「大丈夫？」

「ええ」

柚は小さく頷く。顔がこわばり、夫のほうに向けることができない。

「バナナケーキ、焼かないの？」

「ええ、これから作るわ」

挟んだ指先がじんじん痛む。

「柚」

名前を呼ばれた。真哉の呼びかけはいつでもやさしいが、なおもやさしく甘やかに。

柚はのろのろと顔を上げた。そうして、夫の手に緑色のノートがあるのを見た。真哉は微笑《ほほえ》む。

「さっきちょっと部屋に入ったんだ。無断で悪いと思ったんだけど、今書いてる小説、進行状況がちょっと遅すぎるから、軌道修正したほうがいいのかなと思って。そのために資料を読み返したくてさ。ずいぶん溜めこんでるね。少し整理しないとね」

真哉はノートを開いて、ページに目を落とした。微笑みが深くなる。柚は内臓を指でなぞられているような気持ちがした。

「これはもういらないよね？」

柚は口を利くことができなかった。

「なんの役にも立たないだろ？　捨てていいよね？」

柚に見せつけるようにゆっくりりと、真哉は最初のページを破りとり、縦に裂きはじめた。

5

柚はゆっくり歩いた。

駆け出すと、その瞬間に背後から肩を摑んで引き戻されそうな気がして。

歩き続けて、気がつくとふた駅離れた街を歩いていた。食べもの屋がぽつぽつと並ぶ石畳で、制服を着た子供たちの一団とすれ違い、ひとりの男の子が柚の足の端を踏んだ。よろめいたのは彼のほうだったから、大丈夫？　と柚は言った。子供は声をかけられたことにぎょっとしたように柚を見上げて、小さく首を振った。

「どこか痛くしたの？」

柚は後ずさる子供の腕を摑んだ。一年坊主か、せいぜい二年生だろう。制服にはかなりゆとりがあって、摑んだ腕は驚くほど細かった。

子供はまた首を振った。それがどこも痛くないという意味であることはわかったのに、柚は腕を離さなかった。子供の目が見開かれる。柚は力を入れていたわけではなかった。六つ七つの子供でも、振り切って逃れられる程度の強さで摑んでいた。でもこの子は逃げない。逃げられないんだわ、と柚は思う。すっかり怯えきってしまっているから。

残酷な気持ちと、歪《いびつ》な万能感が膨らんできて、柚は僅かに指に力を込めた。男の子がビクッと反応し、手を振りほどこうとすると、そうできないだけの力を加えた。アーッ、という悲鳴で我に返った。手を離すと、男の子は転がるように駆けだしていく。少し離れたところでほかの子供たちが気遣わしげにこちらを見つめながら待っていたことにもそのとき気付いた。男の子が戻ってくると、子供たちは敵意に満ちた目で柚を睨《にら》んだ。柚は急いで背を向けた。何人もの自分に睨まれている気がした。

それから再び歩き出す。なぜ歩くのか、どこへ向かっているのかわからないまま。記憶がよみがえってくる。ひどくいやな記憶で、だからずっと、無かったことのように胸の底に埋めていた。以前にもこんなふうに歩いたのだった。あれは結婚して二年が経った頃だった。やっぱりゆっくり歩いていた。

追われる恐怖からではなく、あのときは、一歩ずつたしかめるように。そう——それがあのときと今との違いだった。まず、離れていくことをたしかめていた。離れていけることを——真哉から。その一方で、あのときのあれは、真哉が追いつける速度という意味合いもあった。追ってこないならこれきり。追ってくるなら許すかもしれない。そう考えていた。

理由は他愛もないことだった。でもそれは今——もっとひどいことをさんざん経験した今——だから言えることで、あのときの自分にとっては最悪の出来事だった。柚が受けたいと思っていた仕事を、真哉が勝手に断ったのだ。そのうえ、その出版社とは天谷柚は今後もいっさいかかわるつもりはないと、「天谷柚の意思」として真哉は先方に伝えていた。その経緯を真哉から知らされて（そう、彼は柚にちゃんと知らせたのだ、むしろ得意気に）、柚は泣き叫んだ。それほどのことだったのだ、あのときの自分にとっては。それに、泣き叫べば何とかなる、と思ってもいた。その時点ですでに、小さな疑問や不審や不安は堆《うずたか》く積もっていたが、それらは自分が泣き叫びさえすれば吹き散らせるとあのときはまだ信じていた。

行く手にライオンがあらわれた。鼻の下が長い、間抜けな顔に擬人化されたライオンで、手には湯気の立つキャセロールのようなものを持っている。その看板は機械仕掛けでせわしなく左右に揺れていた。柚はその店の戸をくぐった。店内は人気《ひとけ》がなく薄暗くて、柚は緊張しながら、隅々に目を凝らした。真哉が先回りしてテーブル席のひとつで待ちかまえているような気がしたのだ。もちろん彼はいなかった。かわりに汚れたエプロンを着けた髭面《ひげづら》の大男がカウンターの中からぬっとあらわれて、「食事？」と聞き、柚は機械的に頷いた。

テーブル席に座って、男が持ってきたメニューの一番上の「一度は食べなきゃダメ！シェフ自慢のマカロニグラタン」を注文した（たぶん、看板のライオンが持っている料理がそれなのだろうと思ったのだ）。料理が運ばれてきたときに、思いついて、白ワインをグラスで一杯追加した。

グラタンを口に運び、ワインを飲んだ。機械的にそうしながら、頭の中は緑色のノートのことでいっぱいだった。柚自身がノートと化していた。あれから夫は、あれをどれだけ、どんなふうに破いただろう。それを見たくなくて柚は家を飛び出してきたのだ。

夫の横をすり抜け、夢遊病者のようにドアを開けて。まったく、今の気分に比べれば仕事を勝手に断られたことがなんだというのだろう。そんなことは今では日常茶飯事で、真哉から報告を受けても心は揺れもしない。翌日には忘れてしまうことだってある。でもこれは絶対に忘れられない。この痛みは。柚は、真哉が今もノートを破り続けているのを感じた。柚がノートに同化して身を裂かれるリアルな痛みを感じることを承知の上で、懲罰として。隠しごとをした懲罰。彼抜きで創造した懲罰（それにしても、彼の手を借りたものが「創造」といえるのだろうか？）。

店の男がワインのおかわりはどうかと聞きにきて、柚は頼んだ。今ではすでに真哉に追われているという恐怖は薄れていて、とすれば残るこの恐怖は、彼から離れること、夫との別れにまつわる恐怖に違いなかった。それを考えたことは仕事を勝手に断られたあのとき以来何度かあって、考えるたびに恐怖は増していった。別れることが怖いのではない。別れられない、と認めることが怖いのだ。骨折した手首を無理やり曲げてみるようにさらにはっきりさせるなら、こうまでされても自分には真哉と別れる気がない、と認めることが。なぜ？　と柚は、これも度々自問した。答えは黒い闇のように、恐ろしい巨大な烏《からす》のように降りてくる。愛しているから。

最初に飛び出したとき、真哉は追いかけては来ず、にもかかわらず自分から家へ戻ったとき、そう思った。そして信じられないことに、今もそう思っている——今は、救いではなく呪いとして。愛しているから、と。追いかけられることが怖いのに、体中がこんなにヒリヒリ痛むのに、自分はせいぜいワインをあともう一杯飲む間だけここにいて、それからのろのろと家へ戻っていくのだろうことが柚にはわかっていた。なぜ？ 真哉と別れられないから。彼を愛しているから。

＊

クモオさん。

私書箱は無理。彼に見つかったらどうなるかわからない。

この文通だってじゅうぶんに危険なのはわかっているけれど、あらたなひみつを作る勇気と気力がどうしても出てきません。もしも何か手違いがあって、業者からの連絡が彼に届いてしまったらと思うと。「綴り人の会」ならそういう心配はまずないでしょう？

まんいち何か会報のようなものが彼の目に触れても、手紙さえ見つからなければ言い訳はできる。無傷ではすまないかもしれないけれど、ひどく痛めつけられることはないでしょう。

私は今、出先でこの手紙を書いています。帰ったら、これまであなたからもらった手紙を、全部燃やしてしまうつもり。これまでずっと、彼にはぜったいに見つからない場所に隠してあったの。でももう隠しておけなくなった。怖いの。夫の凶暴さはこの頃ますますひどくなっています。手紙が見つかったら、私は殺されるかもしれない。それだけならいいけれど(たぶん私は心のどこかでそれを望んでもいます。だって死んでしまえば、恐怖と苦痛から解放されるから)、あなたにも迷惑がかかるでしょう。

クモオさん。

お願いだから、文通をやめるなんて言わないでくださいね。「綴り人の会」のシステムはまどろっこしいけれど、どうかがまんしてね。

私にはもう、あなたの手紙だけなのだから。夫のいないときに取り出しては何度も読み返していたあなたからの手紙を燃やしてしまったあとは、もう、あなたからあらたに来る手紙を待つよりないのだから。それを燃やしてしまうまでのほんの僅かな時間、あなたの筆跡を追い、言葉を胸に刻みつけることが、私を生き延びさせているのだから。

夫がいなくなればいいのに。

夫がいなければ、クモオさんからの手紙を燃やさずにすむのに。郵便ポストを見にいくのにびくびくしなくてすんで、転送日に感じるのは幸福だけになるのに。

いいえ、そもそも、夫がいなければ、「綴り人の会」なんて必要ないわね。私書箱も。いつだって好きなときに手紙が出せるし、受け取れる。いいえ。電話をかけて、声を聞くことだってできる。いいえ。

私、おかしいわね。何をごまかしているのかしら。手紙とか、電話とか。夫がいなくなれば、私は自由なのに。自由になって、あなたに会いに行くことができるのに。こう書くと、あなたはどう思う？　それを知るのは怖いけど、でも、私はあなたに伝えずにはいられない。

クモオさん。

会いたい。

会いたい。

会いたい。

11月25日　　凜子

＊

どん引きなんてしてるはずがないことは、この前の手紙でわかってくれたよね。どん引きの反対語はなんて言えばいいんだろう。とにかく、僕は毎日凜子さんのことばかり考えているよ。

心配でたまらない。こうしている今も、凜子さんがつらい思いをしてるんじゃないかと。僕のことをお守りにしてくれてると知って感動したけど、どうか気をつけて。彼は僕らの文通のこと、知らないんだよね？　知られたらどうなるかと思うと、気が気じゃない。もちろん凜子さんは細心の注意をしてると思うけど……。やけになったり、なげやりな気持ちになったりしないでください。やはり私書箱のほうが安心かもしれない。考えてみてくれましたか。三枚目の便箋に、ネットから手続きできる私書箱のサイトをふたつ記しておきました。

僕は驚いています。凜子さんが彼（「ご主人」という言葉を使うのは抵抗があるから、これからはずっと「彼」と呼ばせてもらいます）と結婚することになった経緯……すごく自分に似ていると思ったんだ。

もちろん僕は結婚してないし、「この人だけは味方だ」と思える人にも出会っていない。でも、味方がほしかった凜子さんの気持ちが、自分でもびっくりするほどよくわかるんだ。いや、凜子さんの手紙のおかげで、わかったんだ。僕はずっと自分が孤独じゃないと思っていた。友人もいるし恋人もいる（いた）し、仕事も余暇も充実しているのだから、と。でもそれはまやかしだったんだ。僕はずっとさびしかった。

さびしかった、なんて言葉は、凜子さんと知り合わなければぜったいに書けなかったと思う。だからありがとうと言わせてください。そしてもうひとつ言いたいんだ。僕は凛子さんの味方です。だから凛子さんにも、僕の味方になってもらってもいいかな。僕らは「正しい」味方同士なんだと思う。回り道をして、お互いをやっと見つけたんだ。おかしいよね。お互いに顔も知らないのに、そんなふうに思うなんて。でも、顔なんて必要ない、とも感じています。顔も年齢も立場も関係ない。僕がこれまで便箋に綴ってきたこと、僕が凛子さんの手紙から感じとったこと、それだけでじゅうぶんじゃないかって。だって人と人の繋がりで一番重要なのは、心なんだから。

ごめん、便箋、汚れてしまった。ちょっと右手を怪我《けが》してるんだけど、夢中になって書いていたら、出血してた（笑）。たいした傷じゃないから心配は無用です。この前の晩、繁華街で酔っ払いに絡まれて、つい相手をしてしまった。いつも凛子さんのことを考えているせいで、そいつのことが「彼」に思えたせいかもしれない。といっても、そいつを傷つけたわけじゃないよ。そばにあった看板を殴ったんだ。我ながらバカなことをしたもんだけど、撃退には成功した。看板じゃなくてそいつを殴れば僕の右手はこんな有様にはならなかっただろうけど、まあ、そいつにとっては幸運だったってことだね。いくら相手に非があるとしたって、ひどい怪我を負わせたら咎められるのはこっちだから、とっさに拳を看板に向けた自分を「自分でほめてあげたい」です（笑）。

こんな話、それこそ「どん引き」されてしまったかもしれないね。僕は決して暴力的な人間じゃないんだけど、最近怒りっぽくなっているのはたしかです。その怒りは、

「彼」のせいなんだ。いつも凜子さんのことが気になっているのと同じくらい「彼」のことを考えている。「彼」が凜子さんのそばにいることを、と言ったほうがいいかな。

無責任を承知で書くけど……別れることはできないんだろうか。離婚ということでなくても、住まいを変えるとか、どこかに身を隠すとか。すくなくとも、暴力のことを誰かに相談することはできないのかな。「そんなことができるならとっくにそうしてる」と言われそうだね。なんにせよ、もどかしい。手紙を書くしかできない自分が。

最後にもういちど言います。僕は凜子さんの味方です。いや……はっきり言います。勇気を出して。

僕は凜子さんに恋をしています。

11月26日　クモオ

＊

「出先で書いている」という凜子の手紙は、便箋ではなく紙ナプキンに書かれていた。

つまり出先というのは飲食店だったのだろう。薄っぺらい紙ナプキン三枚が、ボールペンの文字でびっしりと埋め尽くされている。

ひどく書きにくかっただろうことは容易に想像できる。紙はところどころ筆圧でよれていて、破れている箇所もある。でも、そんなことはかまわないという勢いで文字は綴られている。紙ナプキンを使っていることへの言及もない。はっきり言えば異様な手紙だ。

航大は胸が痛くなる。異様さとともに、伝わってくるのは凜子の切迫感だ。今回の手紙には、いつもの彼女らしいユーモアや思慮深さは見あたらない。思いつくままに、胸の内をいっそ嘔吐《おうと》するように書き連ねているような印象がある。

暴力についての具体的な記述こそないが、逆に、前回よりもよほどひどいことが起ったのではないか、と思わせられる。殺されることに怯えながら、そのほうがマシだと思えるようなひどいことが。あの書きぶりからすると、それは単発の出来事ではなく、もはや彼女の日常なのだろう。「出先」へ凜子は必死の思いで逃げてきたのではないか。

航大は両の拳を、自分の額にじっと押しつけた。胸が痛むのは凜子の手紙の文面のせいだけでなく、後悔のせいもある。凜子の切実さに比べて、あいかわらず私書箱を提案したりしている自分の呑気《のんき》さへの後悔だ。救いを求めている凜子の叫びに、いつも自分は一歩遅れてしまう。

いや、それだけじゃない。もっと自分に正直になれ。航大はさらに拳に力を込めながら、自分に言う。呑気さだけじゃない、俺が凜子に出した手紙（今頃、彼女が夫に隠れて読んでいるだろう手紙）には、卑怯《ひきょう》さが滲み出ていた。夫と別れることはできないのか、誰かに相談できないのかと書きながら、そのために自分が力になるということは言明できなかった。ああ、挙げ句、最後の一文はなんなんだ。「僕は凛子さんに恋をしています。」だと？　あれを書くのにさんざん迷い、多大な勇気を振り絞って書いたのに、凛子にはお為《ため》ごかしにしか感じられなかったかもしれない。「手紙を書くしかできない自分」と逃げておきながら、のうのうと愛の告白をする、まったくクモオは最低の男じゃないか。

航大ははっとする。紙ナプキンの便箋の上に、水滴がぽつりと落ちたからだ。それが自分の涙であるとわかって驚く。凛子に出した手紙に血の染みを作ったのは故意だったが、今、凛子を想《おも》うあまりに涙は我知らず溢《あふ》れてきて、さらにあらたな一滴が落ちた。

会いたい。

会いたい。

会いたい。

繰り返し綴られた言葉の上に、航大は自分の声を重ねる。俺も会いたくてたまらないよ、凛子さん。だがどうしたらその願いが叶うのだろう？　ＤＶ男に支配されている女と、エリートサラリーマンと偽っている大学生との間で。

その夜は一晩中眠らなかった。

就活サイトや企業のホームページをパソコンでチェックしているうちに夜が明けた。

就職は重要だ。今更その思いが強くなってきたのだった。三十五歳と凜子に告げている年齢が実際は二十一歳であることはどうしようもないとしても、「エリートサラリーマン」になることはできるかもしれない。すくなくともまともな職を持っていなければどうにもならない。

凜子に会いたい。今までもそう思ったことはあったが、その希望は文字通り「会う」ことにすぎなかった。どこかで待ち合わせして、お茶を飲んで、話して、食事して、できれば次に会う機会を約束して、それぞれの場所へ戻っていく。だが今、凜子と会うことはまるで違った意味合いを持ちはじめている。それは彼女を夫から引き離すということであり、そのあとの未来を彼女に提出する、ということだ。そのためには安定した収入と信頼に足る身分が必要になる。

意欲はしかし、夜明けとともに削《そ》がれていった。これまでずっとそうだったように、やりたい仕事も入りたい会社も見つからないのだ。一部上場、一流企業、有名メーカー、それがなんなんだという気分は、むしろこれまで以上に募ってくる。凜子にそれと偽った「金沢にある貿易関係」の企業もいくつか調べてみたが、採用される気がしないし、採用されたとして、凜子に書き送ったような仕事を任されるまでには遥かな険しい道のりがあるだろう。その道のりを耐え抜くだけの吸引力を感じない。

ほとんどの企業がホームページ上に新規採用のためのエントリーシートを公開してい

る。目についた一社のそれを埋めてみようとして、途中で決定的に嫌気が差した。「あなたのセールスポイントはなんですか？」「学生時代にもっとも力を入れたことはなんですか？」「当社に興味を持った理由はなんですか？」「当社でどんなことをしてみたいですか？」

――もちろん、質問に答えることはできる。だが、どう書いたとしても全部嘘だ。そしてその嘘は、凛子への手紙にこれまで書いてきた嘘とは違う。つまらない、くだらない、まるきりの嘘だ。俺という人間、俺の心とはまるで無関係な言葉の羅列。凛子への手紙に俺は事実とは違うことを書いたが、でもそれ以上に真実を書いた、と航大は思う。そうだ、俺は凛子を知って、この世界には嘘と事実と、それらとはまるでべつ次元の「真実」があることを知ったのだと、航大は思う。

＊

凛子さん。

貴女《あなた》の名前を書きながら、同時に僕は心の中で呼びかけています。凛子さん、と。この前もらった手紙で、貴女も何度も「クモオさん」と書いてくれたよね。あれを読むとき、僕には貴女の声が聞こえたから。貴女にも僕の声が聞こえるといいなと思っていま
す。

会いたい。

これも、繰り返し書いてくれたよね。僕も同じ気持ちです。会いたい。会いたい。会いたい。ずっとそう思っていた。でも、それを口に出すと(手紙に書くと)、貴女を困らせてしまうんじゃないかと思って、言えずにいました。

いつも僕は凜子さんに先を越されてしまいます。そして、凜子さんから勇気をもらう。だから今一度言います。会いたい、と。そして、僕は貴女を愛している、と。

私書箱のことは、もう忘れてください。たしかに危険すぎますね。そちらの状況は、おそらく僕の想像以上のスピードで悪化しているのだと思います。そしてその責任は、凜子さんの「お守り」となった僕にもある。どうか、どうか気をつけてください。今はまだ、僕らの関係が彼に知られないように。

そのうえで、あえて書きます。僕らに必要なのは、こそこそすることじゃないんだ。僕らはやっぱり会うべきなんだ。ずっと手紙だけでやりとりしていて、生身の僕を見たら凜子さんはどう思うだろうという不安はあるけど、それでもやっぱり勇気を出して、会うべきなんだと思っています。

僕は今、東京に来ています。

仕事がらみではあるんだけど、凜子さんのために来たんだと自分では思っている。東京には、これまで何度か来たことがあるけど、凜子さんがいる東京だと思うと、何もかもが違って感じられます。

たとえば僕が東京に住んだとしたら。そんなことを、今、考えはじめています。実際のところ、新宿で不動産屋のウィンドウをじっくり見てみたりもしたんだ（東京の家賃は破壊的に高いね。わかってたことではあるけど）。

東京に住んだら、今の仕事は辞めざるをえない。今のキャリアとコネクションがあれば再就職はできるだろうけど、べつのアイディアがあるんだ。笑わないで聞いてくれるかな。空手の師範代ができないかと考えている。縁故のない東京でいきなり師範代というのは無理かもしれないし、なれたとしたって収入は激減するだろうけど、その分はバイトで補う。

ばかげた計画に聞こえる？　でも、今の僕には、一流企業に勤めることとか、それなりの年収を得ることとかが、たいして重要に思えないんだ。陳腐な言い方だけど、人生で大事なものってほかにあるんじゃないかと、この頃考えるようになった。たとえば、愛する人との生活。夢を追うこと。

金を稼ぐのは男としての甲斐性《かいしょう》だし、金があればたいていのことは何とかなると、今までの僕は思っていたけど、本当にそうなんだろうか。男としての甲斐性は、愛する人を幸せにすることで、幸せになるために金はかならずしも必要ないんじゃないだろうか。逆に言えば、愛する人がいてふたりが幸せなら、過分な金はいらないんじゃないか。

青臭い考えだと思われるかもしれない。でも、僕はもともとこういう人間だったんだ。ずっと忘れてたそのことを、凛子さんを知って、思い出した。そしてなんだかひどくいい気分になっています。愛があれば、僕は「僕が本当になりたかったもの」になれるんじゃないか。

凛子さん。

心のどこかで死を望んでいるなんて、どうか、どうか言わないで。僕のために生きてください。僕ができることは、全部してあげるから。そのための努力は惜しまない。僕が凛子さんを自由にしてあげる。

まずは会いたい。会って、僕の考えをもっと詳しく説明したいし、凛子さんの意見を聞く必要もあるだろう。日時と場所を指定してくれれば、僕はどこにでも行きます。今回は、急な出張で連絡もできなくて、とりあえずは明日いちばんの飛行機で金沢に戻らなければならないけど、いつでも東京へ行くよ。十五分でも、十分でもかまいません。

僕らには未来があると、信じています。

12月7日　　クモオ

＊

十二月五日にクモオからの手紙を受け取ったあと、柚は返事を書かなかった。

クモオの手紙にも嫌気が差したのだが、それ以上に、今頃彼が読んでいるであろう、自分が出した手紙にうんざりしていた。

グラタンが冷めていく横で——結局半分も食べなかった——紙ナプキンに書き綴った手紙。あのときの自分は、どうかしていたとしか思えない。そもそもあの店に入ったときには、クモオとの文通はもうやめるつもりでいた。「綴り人の会」は脱会しようと考えていたのだ。それなのに気がつくと紙ナプキンを広げて、店主の不審な視線にも怯《ひる》むことなく、夢中になって手紙を書いていた。私にはあなただけなの、会いたい会いたい会いたいと、まるで演歌みたいな泣き言を綴って。

手紙。あるいは言葉。書くということ。その不思議を、柚は思う。以前にも——それはずっとずっと以前、真哉と出会う前のことだが——物語を書いているとき、頭の中と手の先とが乖離して、ほとんど無意識で綴った言葉が、物語を牽引《けんいん》していったり、行き詰まっていた物語に道を示してくれる、ということがときどき起きた。自分の意思では手が届かない心の奥底からふいに姿をあらわす、言葉にはそんな力があるのかもしれない。

クモオに書き送った自分の言葉を、柚はさらに思い出す。夫がいなくなればいいのに。夫がいなくなれば、私は自由なのに。その言葉を自分が書いたことを、柚はちゃんと覚えている。でも、わからない。真哉を愛しているとはっきり認めた、その直後にどうしてあんなことを書いたのか。そうして、さらに不思議なのは、そこに分裂があるとは感じられないことだった。私にとっては、どれも本当なのだ、と柚は思う。夫を愛していることも、夫と別れられないことも、夫がいなくなればいいと思っていることも。

柚はクスッと笑う。クモオからの便箋についていた血の染みを思い出したせいだった。まるで小学生並みの演出過剰。あいかわらず私書箱にこだわって、さっさと作ればばかりにサイトのアドレスまで書いてきたり、DV夫とは別れたほうがいいとありがたいアドバイスをしてくれたり、とどめの「僕は凛子さんに恋をしています」という一行――「愛しています」ではなく「恋をしています」と書くところがまったくクモオらしいと思える――といった、辟易《へきえき》することの筆頭があの血の染みだったが、その一方で、今も――真哉にノートを見つけられたことに懲りて、クモオに書いたとおり、読んだらすぐに手紙を処分してしまった今も――あの黒ずんだ赤い染みが、ネオンサインのように瞼《まぶた》の裏で明滅する。

なぜだろう、と柚は思う。あんな子供じみたことを、なぜ頻繁に思い出すのだろう。本物だからだろうか。酔っ払いを脅しつけるためにそばの看板を殴った、などという逸話はとうてい信じがたいとしても、とにかくあの血はクモオのものだ、と思えるからだろうか。

6

集中できない。

シチューのせいだ、と柚は思う。シチューが煮える音がうるさいから。鍋からたちのぼる水蒸気が頭の中に侵入してくる。たっぷり使った赤ワインの香りが顔にまつわりついてくる。

柚はダイニングの椅子に掛けている。つめたい前菜とサラダはすっかり用意ができている。今日のディナーのもうひとつのメインは生牡蠣《なまがき》で、そちらは真哉が帰りがけに、知り合いのシェフがいる店から分けてもらってくることになっている。シチューはこのままとろ火にかけておけば出来上がるし、テーブルセッティングも完璧だ。もう、することはなにもない。

だから柚はエプロンを外し、カトラリーに触れないように注意しながら頰杖《ほおづえ》をついて、集中しようとしている。物語の続きを考えるために。緑色のノートは夫に破かれてしまったが、物語はまだ自分の頭の中にある。だから続きが書けるはずだ。書けない理由はない、と柚は思う。

もちろん、もうノートに書いたりはしない。頭の中に記録するのだ。物語が再び動き出したら、真哉がぜったいに帰ってこない時間にパソコンに打ち込み、その日に書けたぶんはネット上のストレージサービスにアップロードする。パソコンの中のファイルは消去する。そういう方法を思いついていた。思いついてみれば、緑色のノートなどという目立つものに手書きしていた自分がひどいばかに思えた。実際、ばかだったのだ。見つかるはずはないと高《たか》をくっていたし、さらにひどいことには——今こそ自分に正直になって認めるなら——万一見つかっても、真哉は認めてくれるのではないか、という期待がどこかにあった。そうだ、期待していたのだ。私がまったくの独力で書きはじめている物語を読んで、こんなふうに書けるのならこのまま書かせてみようと——天谷柚の創作にはもう自分の助けは必要ないのかもしれないと、彼が認めてくれるのではないかと。そしてすべてはうまくいくようになるのではないかと。まったく、おめでたいというほかない。

柚は立ち上がり、シチューの火を消しにいった。煮込むのはもうじゅうぶんだろう。テーブルに戻り、また頬杖をついた。誰かに追われてでもいるように、胸の鼓動がいやな感じに速くなり、こめかみがずきずきしてきた。何も考えられない。物語が見つけられない。最悪なのは、すでにノートに書いた部分すら思い出せないことだった。いや、思い出せるのだが、すでにそれは大切に温めていた物語ではなく、見知らぬ他人が書いたつまらない文章にしか感じられなかった。感じられないだけなのかしら？　柚は絶望的な気分で自問する。あれは実際のところ、ただのつまらない文章だったんじゃないのかしら。

いいえ、そんなはずはない。ノートを――まるで何の価値もない紙くずのように無雑作に、いっそ愉《たの》しげに――破かれたショックからまだ回復していないせいでそんなふうに思えるだけだ。あの出来事がパワーショベルみたいに、私の大事な部分を浚《さら》っていったのだ。そうなの？　本当に？　それは回復するの？　パワーショベルが削り取ったのは、見せかけの、おめでたい表土で、本当の私、何の才能もない私があらわになった、ということじゃないの？　呼び鈴が鳴り、柚ははっと顔を上げた。立ち上がり、玄関のドアを開ける。

「ホー、ホー、ホー」

真哉は赤い帽子をかぶり、白い顎鬚《あごひげ》をつけていた。顔から下は朝出かけたときのまま、スーツとツイードのコートだったから、それはひどく異様な風体《ふうてい》だった。

「どうしたの、それ？」

どうにか笑顔を作りながら柚は聞く。さっきまでよりもずっといやな感じに心臓が鼓動しはじめて、その音が夫に聞こえてしまうのではないかと気になった。

「電車を降りたら生えてきたんだよ」

そう言いながら真哉はコートを脱いだ。帽子と鬚はまだ付けたままで――夫の目的はクリスマスイブの演出ではなく、私を脅かすことなのではないのか、と柚は疑いはじめる。

それでもテーブルで向かい合ったときには、真哉は深緑色のセーターとデニムに着替え、サンタの扮装《ふんそう》も取り去っていた。毎年イブは、可能なかぎりふたりきりで自宅で過ごすというのが結婚当初からの習慣になっている。真哉は柚のワンピース——ごく薄いグレイのモヘアのミモレ丈で、トパーズをあしらったネックレスを合わせた——を誉《ほ》め、テーブルセッティング——とりわけ中央に飾ったフラワーアレンジメント——を誉め、タンシチューの出来映えを誉めた。牡蠣は自ら皿に盛り、一緒に持ち帰ってきたシャンパンの栓ももちろん開けてくれた。

会話はいつもそうであるように穏やかな落ち着いたものだった。気まずい沈黙もなければ、ことさらな饒舌《じょうぜつ》もない。真哉はまず今日の会社の同僚たちの「クリスマスイブ奮闘記」とでも言うべき面白おかしい話を披露し、それから話題は映画に移った。来春公開される映画の話が出て、同じ監督の旧作についてもあらためて語り合った。

「今日は調子どうだった？」とも真哉は聞いた。「午前中に四枚書いたわ」と柚は答えた。本当のことだった。真哉が作ったアウトラインに沿って書くほうが、緑色のノートの続きを考えるよりは簡単だったからだ。「午後はあまりはかどらなかったの、ディナーの仕込みのほうに集中しちゃって」と柚は言った。「そりゃそうだろう。こんな完璧なシチューが出来上がったんだからね」と真哉は微笑んだ。柚のノートを破り、飛び出していった柚を笑顔で迎えたときから、彼は決してノートの話は蒸し返さなかった。そんな事実はなかったかのようにふるまっていた。

食事が終わるとふたりで片付け、リビングに場所を移してグラッパを飲んだ。贈り物の交換をする時間だった。柚が今年夫のために用意したのは、およそ百年前にイギリスで作られた――と、青山の骨董《こっとう》店の主人が説明した――レターオープナーだった。純銀製で、柄の部分に小鳥と植物の繊細な彫刻があしらわれている。

「これはいいね」と真哉はそれを撫でたり、フロアライトの灯りにかざしたりした。

「これがあれば、封筒を開けようとするたびにいらいらして叫ばなくてすむでしょう?」と柚はからかい混じりに言ったが、自分が夫に贈ったものが、よりにもよって「手紙」を開ける道具だったのだという事実に気がついたのはそのときだった。いったいどういうつもりだったのだろう? 無意識の皮肉――どんな道具を使ったって、肝心の手紙はあなたには開けられないのよ、と言いたかったのか。あるいは無意識の謝罪だろうか。それとも懇願? 本当は私は、開けてほしいと思っているのだろうか。今ならまだ開けられる、いまならまだ間に合う、と……。クローゼットの抽斗の底に隠してあったクモオからの手紙の束は、緑色のノートを破かれた翌日に惜しげもなく、忌むべきものとしてすっかり処分してしまったのに。

真哉から手渡された箱を開けると、中にはランジェリーが一式入っていた。薄いラベンダー色に黒い糸で美しい刺繍《ししゅう》を施した、ブラジャーとショーツとガーターベルトの一揃《ひとそろ》い。夫からこうしたものを贈られるのははじめてではなかったが、久しぶりのことだった。どきどきしちゃうわ、と柚は言った。

「僕もどきどきしちゃうよ」

真哉は言った。

「愛してるよ、柚」

グラスを置いて柚を見つめた。柚も見つめ返した。

「愛してるわ、私も」

真哉が手を差し伸べてきて、軽く柚の手を包んでから、グラスを自分の手に移した。

「着てみせて」

柚は従った。

コンソールテーブルの上に飾った小さなツリーが、朝の光の中で瞬《またた》いている。昨夜、電源を切るのを忘れたのだ。そのままでいいよ、と真哉は言った。真哉が出勤していったあとで、柚はプラグを引き抜いた。

寝室へ戻ってベッドメイクし、床に落ちていたランジェリー——身につけて、すぐまた脱ぐことになった——をランドリーボックスに放り込む。洗濯機で洗うと傷むから、あとで手洗いしなければならないだろう。情事の余韻を長く味わえるというわけだわと、自嘲的に思う。

それからふと窓に目をやると、マンション前の通りを郵便配達のバイクが遠ざかっていくのが見えた。今日はクリスマス、クリスマスは二十五日、二十五日は「綴り人の会」の転送日だと、とっくにわかっていることを柚は順番に思い出すふりをしてみる。ロビーへ降りて集合ポストをたしかめると、もちろんクモオからの手紙はちゃんと来ていた。月に二回しかない手紙の交換の機会《チャンス》を無駄にするなんてありえない——私と彼は、今やそういう関係なのだから、と柚は思う。事実をもっとはっきり認めるならば、そういう関係になるように、私が仕組んだのだから、と。

部屋に戻って手紙を読む。エレベーターの中では、部屋に戻ったら手紙の封を切らずにすぐにシュレッダーにかけてしまおうと思っていたのだが、やはり封を切り、読んでしまう。期待のせいだと柚は思う。考えてみれば「綴り人の会」に入会する以前から、集合ポストを覗《のぞ》いてみるときにはいつでも幾らかの期待があったような気がする。知らない誰か、あるいは何かが、今日こそ何かすばらしいニュースを伝えてくれて、私をなんとかしてくれるのではないか、という。この期《ご》に及んで、クモオからの手紙にもまだそれを求めているらしい。柚は読んだ。そうして、予想していた以上に、失望した。

会いたい、会いたい、会いたい、会いたい。今回の手紙の主眼は、それだった。前回、私が書いて送った「会いたい」と同じ数だろうか、それともひとつ増やしてある？　そのうえ「僕は貴女を愛している」とクモオはとうとう書いていた。前回の「恋をしています」からまた一歩（大きな一歩？）前進したというわけだ。それもこれも、凛子に会いたいがためだろう。あれほどしつこく勧めていた私書箱のことはもう忘れてくださいと書いてあり、そのかわりに「会うべきなんだ」と重々しく断言している。

クモオは東京へ来たらしい。仕事がらみだと書いてはいるが、本当のところどうだかわからない。休みの日に、あるいはわざわざ休みを取って、凛子のためだけに来たのではないのだろうか。互いに住所を明かさないシステムになっていたのは助かった。それに最初の手紙で用心して、「下北沢の一軒家」と嘘を書いていたことも。もしも本当の町名やマンション住まいであることを明かしていたら、クモオはしらみつぶしに探しまわって、この家を見つけ出してしまったのではないか。

笑うしかないのはそのあとだ（「笑わないで聞いてくれるかな」と書いてあるけれど）。今こそ明らかになる彼のビジョン！　クモオは東京に移住したいらしい。今の職を捨てて、空手の師範代で生計を立てることを考えているらしい。もちろんすべては凛子のため——だから凛子は感動して、諸手《もろて》を挙げて賛成し、協力してくれるはずだとクモオは信じているらしい。こんなばかばかしい、甘ったれた、現実味のない計画に。三十五歳のまともな男の考えとはとうてい思えない。柚はふと、そう思う。申告された年齢より幼い印象だと初手から感じていたけれど、実際のところ、うんと若いのかもしれない。あるいは貿易関係の仕事をしているとか、ひどく忙しいとかいうのがでたらめなのかもしれない。世の中のことを何もわかっていない感じ、未熟な感じが——この私がそんな印象を持つなんてお笑いぐさだけれど、この私にさえ——どうしようもなく伝わってくる。

そもそも東京に住みたいというのはどういうことなのか。クモオの希望は凜子のそばにいたいということなのだろうが、DV夫がいる東京から凜子を連れ出そうとは思わないのだろうか。この手紙には甘えが満ちている、と柚は感じる。「男としての甲斐性は、愛する人を幸せにすることで、幸せになるために金はかならずしも必要ないんじゃないだろうか」だの、「愛する人がいてふたりが幸せなら、過分な金はいらないんじゃないか」だの。凜子が天谷柚であることを知らないクモオが、まさか「専業主婦」の凜子に食べさせてもらうつもりでいるとは思えないが、凜子を——可哀想《かわいそう》な傷だらけの凜子を——何かの言い訳にしようとしていることを感じる。クモオもまた、凜子になんとかしてもらいたいと思っているのだ。

柚は手紙をシュレッダーにかけた。怒りのせいでためらいはなかった。その怒りの半分以上は、クモオにこんな手紙を書かせた——クモオをこんな人間にしてしまった、と言うべきなのかもしれない——自分、こんなクモオにさっきまでなおも期待をかけていた自分に対するものだったが。念を入れて千切りになった紙を摑みあげて生ゴミ用のゴミ箱に放り込み、野菜クズで上を覆った。ゴミ箱の蓋を閉めたとき、電話が鳴った。

「ウイイイ、ウイイイ」

真哉の「アラーム」だった。

「本日午後七時、麻布十番リストランテK……」

今夜は真哉の同僚たちを交えての会食があるのだった。了解シマシタと柚も機械の声を真似て答えた。服装についての夫からの確認がすみ——ベージュのワイドパンツにノースリーブの赤いモヘア、店内でパウダールームへ立つとき、天谷柚のむき出しの腕が人目に曝《さら》されないように、もちろん上等なストールも——、電話を切ろうとしたとき、

「名前、つけた？」と真哉が言った。

「名前って？」

「凜子ちゃんみたいなやつ」

一瞬、柚は呼吸が止まりそうになった。何も答えられずにいると、「覚えてない？」と真哉は言った。

「新婚のときお祝いにもらったゴムの木に、名前つけてただろう。凜とした木ねって柚がしきりに言うから、凜子ちゃんって呼んでたの、覚えてない？」

「ああ……そうね。そうだったわね」

柚は思い出した。どうして今まで忘れていたのだろう？

「枯れちゃったのよね。イタリアへ行っている間に」

「虫がついたんだ」

そろそろ会話を切り上げたがっている口調で真哉は言った。

「昨日買ってきた鉢植えにも、だから名前つけたかなと思ってさ。また、凜子ちゃんでいいか」

「考えておくわ」

じゃあ夜に、と真哉は言って電話は切れた。柚は大きく息を吐いた。文通がばれたわけではなかった。安堵とともに、あらたな黒雲が胸の中に満ちていく。

鉢植えというのは、昨日彼からもらったクリスマスプレゼントのおまけみたいなものだった。通りすがりの花屋の店先にディスプレイされていたのが可愛かったからひとつ買って帰ったのだと言っていた。金色の細いリボンを巻きつけたフィカスプミラの小さな鉢。リビングのテーブルに置いてある。

新しい名前を考えなければならない、もちろん。凜子だなんてとんでもない。ゴムの木の凜子。なぜ忘れていたのだろう。いや、覚えていたのだ。心の奥底で覚えていたからこそ、「綴り人の会」のハンドルネームとしてごく自然にそれが浮かんできたのだ。

ゴムの木の凜子が家の中にあった頃は、自分の幸福をまだつゆほども疑っていなかった。虚構の女に凜子を名乗らせたのは、きっとそのことと関係があるのだと柚は思った。自分の無意識を柚は憐《あわ》れんだ。結局のところひとは記憶で出来上がっているのだ。間違いに気がついたところで、別人になどなれやしない。今日が昨日の続きでしかないのなら、どうやって生まれ変わったらいいというのだろう？　そもそも自分は、生まれ変わりたいと望んでいるのか——。

柚は書斎へ行くと、仕事に取りかかった。二枚ほど書き、パソコンを閉じると、場所を窓辺の椅子に変えて、再び頭の中で緑色のノートに書き続けるはずだった物語の続きを考えはじめた。「本当の物語」「私の物語」と柚はそれを呼んでいた。しかしそう呼ぶのが正しいのかどうかもうわからなくなってきた。「本当の」物語は真哉が設計図を書いたほうなのではないか。「私」なんてどこにもいないのじゃないか。柚は考えることをあきらめた。そうして立ち上がり、机の上に便箋を広げた。

これもまた物語だ、と柚は自分に言う。これならまだ私にも書ける、と。

＊

不安なクリスマスになりました。

凜子さんからの手紙が届かなかったから。

どうしたんだろう？　悪いことばかりが浮かんできます。前回の僕の手紙が気に障ったとか、僕との文通に飽きたとか、そういうことならまだいいんだけど（いや、全然よくはないけど、挽回《ばんかい》のチャンスはまだあるという意味で）、凜子さんの身に何かあったんじゃないかと心配しています。

僕のことをどう思ってるにしても、もし無事だったら、手紙をください。

心配で気がへんになりそうだ。

12月25日　　クモオ

年末から年始にかけて、航大はずっと不安の中で過ごした。

もちろんこれまでにも、転送日に凜子からの手紙が届かなかったことはある。はじめの頃は受け取ったら返事を書いて、手紙が届くのは一回おきだったのだから。だが、あるときからふたりはそれだけの関係ではなくなった。自分の思いを伝えるのに書いても書いても足りなくて、貪るように手紙を書いていたはずだ。それなのに。

手紙が届かなかったその日のうちに、安否を問う短い手紙を書いた。文面とは裏腹に、何よりも心配だったのは凜子に疎まれたのではないか、ということだった。

血の染みをつけたのがまずかったのかもしれない。わざわざつけたことがわかってしまったのかもしれない。

　そしてさらにもう一通、東京へ行ったことを知らせるクモオからの手紙が凜子に届いている。これも彼女を怒らせたかもしれない。上京することを知らせもせず、会う手段を講じもしなかった、と。どうしてあんな嘘を書いてしまったのだろう。凜子のそばへ飛んで行きたくて、「会いたい」という気持ちに応えたくて、そのあまり筆がすべったのだ。あるいは凜子は、嘘だということに気づいたかもしれない。クモオが自分に黙って東京に来るはずはない、と。そんな嘘を吐くのなら、これまでのことだってどこまで本当だかわからない、と疑いはじめているかもしれない。

　もしもそうだとしたら「挽回のチャンス」があるとは思えなかった。一度疎ましいと思ったら、凜子はもうクモオからの手紙など開かないのではないか。さっさと「綴り人の会」を退会してしまうかもしれない。でなければべつのハンドルネームで登録し直して、べつの相手を探すかもしれない。

　手紙に書いたとおりの心配ももちろんある。もしも凜子の身に何か起きていたら。手紙が書けないほどの怪我。あるいは、死。まさか。そんなことになったら小さくてもニュースになるはずだ。だから新聞やネットも欠かさずチェックしていたが、それらしい事件は見あたらなかった。心配しすぎだ。自分にそう言い聞かせてみる。たった一回手紙が来なかっただけだぞ、と。だが、不安はどうしようもなく日に日に大きくなってゆき、体調が悪くなるほどだった。たしかめる方法はなく、次の転送日を待つほかにないという事実が身に堪えた。手紙。薄っぺらい便箋数枚。それだけなのだと今更思った。俺たちの繋がりはそれだけなんだ。

説明会の終了を告げるアナウンスがあり、すり鉢状になった会場がざわめきはじめる。出口へ向かうリクルートスーツの波の中に航大も交じった。中堅の流通会社の就職説明会で、金沢まで来たのだが、何ひとつ頭に入っていない。

「よう。来てたの」

ビルから出たところで背中を叩かれた。菊川だった。黒いスーツが妙に板についていて、すでに古株の社員みたいに見える。

「似たり寄ったりだな、説明会なんて」

航大は言えることを言った――実際のところ、説明会に出たのはここが二社目だったのだが。まあな。菊川の返事は同意していないように聞こえる。

「就職しないって噂だったけど、そうでもないいんだ？」

「え、誰がそんなこと言ってんの？」

航大はぎょっとして聞く。

「いや、だから、噂。夢を追いかけるとか、人と違う生きかた目指してるとか」

航大は、胸をぎゅっと摑まれたような思いがする。凜子への手紙を誰かに読まれたのか。まさか。

「沙織か」

独り言のように呟くと、

「いや、べつにそうじゃないよ」

と菊川は慌てたように否定した。推して知るべしだと航大は思う。

「ていうか、就職するんだろ。説明会来てるし」

取り繕うように菊川は言い、

「ふつう、するだろ」

と航大は答えた。沙織への怒りとともに、自分自身への嫌悪感が募ってくる。実際には、説明会へ来たのは凜子からの手紙が届かなかったからだった。ほかにどうしていいかわからなかった――いや、たぶん心の底では、凜子を失うなら就職するほかにない、と考えていたのだ。

「そんじゃ、また」

同じように駅方向へ向かっているのに、足を速めて自分から離れていこうとする菊川を、航大は呼び止めたくなった。

「これからなんか予定あんの？　かるく飲んでかねえ？」

「あー」

菊川はちょっと考える顔をしてから、

「飯野《いいの》たちと飲もうって言ってるんだけど、航大も来る？」

と言った。

「あ、そうなんだ。じゃあいいや」

「いいの？　沙織も来るよ」

「また今度誘ってくれよ。軽く飲みたいなと思ってただけだったからさ。そのメンバーだと、軽くはすまないから」

なるほどねと菊川は笑って、今度こそ航大から離れていった。同じサークルの仲間なのに、なぜ俺だけが誘われていないのか。俺がそう思ったことは、菊川に気づかれてしまっただろうと航大は思う。飲み会ではきっと俺を肴《さかな》にして盛り上がるんだろう。沙織がいちばん笑うんだろう。

どのみち飲み会なんか行きたくなかった。列車に乗ると、航大は一刻も早く家に帰り着きたくてじりじりした。「綴り人の会」は一月にかぎり転送日が八日になる。それが今日なのだ。たしかめるのがこわかったが、今回はきっと届いているはずだ、届いていないはずはない、凜子からの手紙が。

＊

Merry Christmas!

そちらはホワイトクリスマスでしょうか。東京は寒い晴れ。昨日のイブは星がきれいでした。

今日はイエス・キリストが生まれた日だけど、私たちにとっては「綴り人の会」の転送日にほかなりませんよね。クモオさんからのお手紙を読んですぐ、これを書いています。

私からの手紙はなくて、ごめんなさい。思うところあって、「一回休み」してしまいました。でも、とても書きたかった。そのことはわかってください。

というか、問題はそのことなのです。クモオさんからの手紙が読みたくてたまらないのと同じくらい、クモオさんに手紙が書きたくてたまらないこと。書くことにこんなふうに欲望を感じるなんて異常じゃないのかしらと、少しこわくなったの。そう。はっきり言います。私は欲望を感じている。

そして、私があなたに書いたこれまでの手紙。もちろんコピーをとっておくという危険は冒せないから、私の頭の中に保存してあるんだけれど、読み返すたびにこわくなるの。私はいったいどこへ行こうとしているのかと。私はどこへ、あなたを連れて行こうとしているのかと。

東京にいらっしゃったのですね。事前に教えてもらいたかった。そうしたらその日は一日、クモオさんがこれまでよりずっと近くにいるんだと思うことができたのに。今度、また上京する予定ができたら、なるべく早く知らせてください。

知らせてもらっても、会えないけれど。このことについては、何度も考えてみたけれど、どうしても無理です。危険すぎる。どこで会うとしても、その場所やそこへ行くまでに夫の知り合いに会ったり、目撃される可能性はゼロではないから。もちろん彼らは夫のスパイというわけじゃないけど、何かの拍子にそのことが夫の耳に入ったら、おしまい。クモオさんと一緒にいるところじゃなくたってだめ。夫にとって肝心なのは、その日私が外出したことを、他人の口から知らされる、ということなのだから。どう言い訳したって嘘を吐いたって、ひどい目に遭わされる。

もちろん、私は軟禁されているわけではありません。ひとりで買いものへ行くし、役所にも、銀行にも出かけます。方法はあるはずだと、あなたは思うかもしれませんね。でもだめなの。自分の恐怖心に、私はどうしても打ち勝つことができない。

間違わないでね。会いたい。死ぬほど会いたいという気持ちは、本当です。目眩《めまい》がするほど。だけど会えないの。それが現実。

どうしたら会えるかしらと考えるたび、まず浮かんでくるのは過去に味わった恐怖なの。男のひとと会おうとしたことは(男のひとと会いたい、と思ったことも)これまでないけど、自由になろうとしたことはあった。勇気を出して逃げ出した。でもだめだった。簡単に見つかってしまった。夫は息も切らさず、微笑みながら私の腕をねじり上げたわ。

どうして君を見つけたかわかる？　とそのとき夫に言われた。君は本気で逃げたいと思ってないからだよ。君は本当は僕といたいんだよ。僕が君を愛しているように、君は僕を愛してるんだよ、ものすごく。夫はそう言ったわ。

ああ。思い出すだけで体がふるえてきます。彼の言うとおりなのかもしれない。と自分が思ってしまったこと。どこまでが愛で、どこからが恐怖なのか、私にはわからなかった。正直言うと、今もわかりません。つまり、今も心のどこかで夫を愛しているのかもしれないと思うことがある。だって今日は昨日の続きだから。私の中は過去で塞がっていて、未来が入る余地がない。どうしたら断ち切れるのかしら。

手の怪我、よくなりましたか。看板を殴ったという話、すかっとしました。どうせなら、あなたに絡んできたばかで憐れな酔っ払いに思い知らせてやればよかったのに！　もしもその場に一緒にいたら、私は歓声を上げてけしかけてしまったかも。

ふふ。悪い冗談ね。酔っ払っただけで殺されるなんてひどすぎるわね（あなたの空手の威力は、それほどのものなんでしょう？）。そんなつまらないことでクモオさんが刑務所に入ってしまったら、それこそ私たちが会える可能性はかぎりなくゼロになってしまいますね。その酔っ払いが「彼」に思えたとクモオさんは書いていたけど、私も同じ。「彼」だったら、殺されてしまってもいいのに！

びっくりしてる？　さっき「愛しているのかもしれない」なんて書いたばかりなのにね。でも、愛してるからこそ殺したという話、映画や小説でよくあるじゃない？　その場合は、愛しているのにむくわれない、自分の愛が受け入れられないならいっそ相手に死んでほしい、というのが一般的（？）なんでしょうけど、私の場合は違うのよ。もう愛したくないから消えてほしいの。あるいは、愛していた過去（たぶん正しくは、愛と思い込んでいた過去）と一緒に死んでほしいの。

そう、死んでほしいの。彼から逃げ出すだけじゃだめ。隠れてもだめ。へその緒みたいなもので繋がっている先を、完全に消去しないとだめ。

私が自由になるにはそれしかないという気がするの。

クモオさんの血の味は甘かったです。

そう、私、××たの。

12月25日　　凜子

7

そう、私、××たの。

今やそれは声になって聞こえる。

思わせぶりな××の部分も、はっきりと具体的な言葉になって。そう、私、舐めたの。声の次にはだから舌が眼前にあらわれる。鮮やかなピンク色の、しっとりと濡《ぬ》れた舌。それがぬらりとまるまって、赤い染みを舐める。便箋の上に落ちた、航大の血を。

鼻の下、顎、舌の先、唇……と航大は順番に思い浮かべる。空想ではない。実在する顔だ。アーモンド型の輪郭、すっと通った鼻筋、しっかりした眉、けぶるような睫に縁取られた物憂げな瞳。唇は大きめだが薄い。凜子の顔。なぜそれがわかるかといえば、前回の手紙に小さな写真が添えられていたからだ。

よくあるサイズのプリントの、半分の大きさのスナップ。半分になっているのは凜子の横に写っている人間が切り取られているせいだった。凜子の右肩にのせられた手があるから、それがわかる。まず間違いなく、彼女の夫の手だろう。

凜子は黒もしくは紺色のつばの広い帽子を被《かぶ》っている。ワンピースは白で襟が大きく刳《く》れている。細長い喉も胸元も白い。髪は長い――帽子によって背中のほうにまとめられているので、どのくらい長いのかはわからないが、ベリーショートではない。このあと、髪を切ったのだろうか。凜子は夫のほうは見ていない。不思議そうな表情で、遠くを見ている。

鮮明な写真ではない。日盛りで撮影されたようで、ハレーションを起こして全体が白っぽくぼやけている。それでも凜子がきれいな女だということはわかる。思慮深いということも。怯えていることも。寂しそうであることも。ほかの誰にもわからなくても、俺にはわかる、と航大は思う。凜子はまず、なくなっても夫に気づかれないスナップを探し、その中から、俺に伝わる写真を選んだのだろう。その一連の作業をしている凜子の姿が、目に見えるようだった。実際のところ写真を見た瞬間から、とうに凜子の容姿を知っていたような感覚におちいっていた。

航大の脳内画像は、再び舌に戻った。凜子の舌だ。便箋の血をすっかり舐め取るために、舌はまだ動き続けている。その動きに合わせて、航大は自分の手を動かす。快感をできるかぎり長引かせようと思うのに、「はあっ」という女々しい呻《うめ》きとともにあっけなく終わりがきてしまい、するとたんに猛烈な羞恥心がこみ上げてきて、急いでデニムを引き上げた。

もう何度目だろう。写真を入手してから、毎日、ときには一日に複数回、まるで猿みたいに自慰に耽《ふけ》っている。性欲のせいだけじゃないんだと航大は自分に言い訳する。凜子からの手紙が再び届き、前回届かなかったのはクモオを疎んじたからではないと知ってとりあえずはほっとしたが、そのあとにやってきたのは圧倒的な当惑だった。

看板ではなく酔っ払いに「思い知らせてやればよかったのに！」と凜子は書き、そのあとには念入りに「殺す」という言葉を使っている。その酔っ払いは「酔っ払っただけで殺されるなんてひどすぎる」けれど、もしもその男が自分の夫だとしたら「殺されてしまってもいいのに！」と。最後にははっきりと「死んでほしいの」と書いている。「私が自由になるにはそれしかないという気がするの」と。

手紙にはほかのことも書いてあった。凜子の、クモオへの欲望のこと。「そう。はっきり言います。私は欲望を感じている」。しかし会えないこと。「自分の恐怖心に、私はどうしても打ち勝つことができない」「会いたい。死ぬほど会いたいという気持ちは、本当です。目眩がするほど。だけど会えないの。それが現実」。その手紙に、写真が同封されていたのだ。その意味を航大は考える。写真については何の言及もなかった。こんなにきれいな、そそる写真なのに。その意味も。

するとと胸騒ぎがまた湧き起こって体が揺れるような心地がし、それを鎮めようとして、航大は再び股間に手を伸ばす――自分の「欲望」に呆れながら。

ひどく冷えると思っていたら、雪がちらつきはじめた。

自転車のスピードを上げようとして、航大は逆にペダルの回転を緩める。道の向こうから歩いてくるのが沙織だということに気がついたのだ。

向こうも気がついたらしい。目が合ってしまい、航大はとっさにあらぬほうを向いた。連日の自慰を見透かされてしまいそうで。しかし一方で、おまえじゃない女の写真で夢中になってそうしているんだということを知らせてやりたいような気持ちにもなって視線を戻すと、沙織は携帯電話をいじっていた。

「よう」

わざとらしい真似するなよと思いながら、声をかける。沙織は面倒くさそうに顔を上げて「どうも」と言った。

「学校？」

「そうだけど……航大は？」

「ちょっと、用事があってさ」

「用事？　こっちってなんかあったっけ？」

沙織は胡散臭《うさんくさ》げに言い、来た方向を振り返りまでしてみせる。去年はクリスマスも大《おお》晦日《みそか》も一緒に過ごさなかった。自分からはぜったいに電話するまいと決めていたが、沙織からもかかってこなかった。もうだめなんだろうなと思っているが、はっきりと別れ話をしたわけでもなく、曖昧なまま別れるよりも悪い関係になっているような気がする。

「いろいろあるんだよ、こっちには」

幾分ユーモラスに航大は答えてみた。沙織は笑った。感じの悪い笑いかたではないと航大は感じた。一瞬、方向転換して、沙織と一緒に学校へ行こうかと考えた。一緒に歩きたくなったんだとか、少し話をしようかとか、そういう科白を今なら言えそうな気もした。そうして沙織とよりを戻して、サークル内でもうまくやって、まじめに就職活動をして身の丈に合った就職をする、というのが自分にもっともふさわしいのではないかと思った。そちらを選ぶべきなのではないか、今なら選べる、と。が、それは本当に一瞬のことだった。

「余裕だね」

沙織のその言葉でさっと頭の中が冷えた。

「じゃ」

航大は沙織とすれ違うと、今度こそ自転車のスピードを上げた。

目的地は空手教室だった。かつて通っていた道場ではなく、ネットで検索して見つけたところだ。団地の集会所を利用して、初心者向けの教室が設けられているらしい。ゴーストタウンのような趣があるそのだだっ広い団地内をぐるぐると走り、ようやく目当ての建物に着いた。自転車を停めてドアをそっと開けてみると、道着姿の小学生が四人、並んで突きの練習をしていた。

「ご家族のかたですか」

奥に座っていた指導者らしい大男が、ぬっと立ち上がり近づいてきたので、航大は慌てて「いや……」と言った。

「ちょっと興味があったんで、見学っていうか」

「入門希望？　この団地にお住まいのかたですか」

「そうじゃないんだけど」

「申し訳ありませんが、団地の住人じゃないと難しいんですよ。ほら、子供たちを教えてるでしょ。団地の外から人が入ってきちゃうと、不安だっていう親御さんがいるから」

見た目よりもずっと柔らかな物腰の、感じのいい男だった。恰幅《かっぷく》がいいせいで老けて見えるがあんがい俺と同じくらいの年回りなんじゃないか。それに何となく見覚えがあるような気がする。航大がそう考えていると、相手も同じような表情で見ていて、それからほとんど同時に「あっ」と声を上げた。

「航大？」

「良幸《よしゆき》か」

小学校の同級生であり、空手の同門生だった。航大が小学校一年から通いはじめた空手教室に、良幸は小三のときに入ってきた。航大の自慢話に感化されて良幸がはじめた格好だったが、やめたのは航大のほうが先だった。

「空手、まだやってたんだ」

「おう。ほかに取柄もないからさ」

嫌みのはずはないと思いながら、航大の心が微《かす》かにひきつる。

大学でも空手部に入っていて、その繋がりでこの教室を手伝っているのだと良幸は簡潔に説明した。

「就職はどうすんの」

「K社に内定した。体育会系ってそっちの繋がりも強いからさ。むちゃくちゃなシゴキとかOBの横暴とかにじっと耐えてたのが報われたよ」

はははははと、良幸はあかるく笑った。K社は金沢を拠点とする大きな貿易会社だった。言われた回数をやり終えて所在なくこちらを眺めている子供たちに「五分休憩。座っていいよー」と声をかけ、「航大は？」と良幸は聞く。

「俺はそういうコネ全然ないし……苦戦中」

航大も無理に笑って、そう答えた。

「そっか。じゃあ今日は息抜き？　っていうかよく見つけたな、ここ」

「偶然、偶然。ちょっとこっちのほうに用があって、通りかかっただけ」

「こっちのほうって何かあったっけ」

沙織よりはずっと無邪気な顔で、良幸は沙織と同じことを言った。

「見てく？」

「いや、じゃましちゃ悪いからもう行くよ」

やってみる？　とは言わないんだな、と思いながら、航大は今一度あかるく言った。

団地を出て、航大はさらに自転車を走らせる。

実際のところ、この辺りには何もない。田んぼ、畑、人家、それだけだ。コンビニすらない。歩いているのは近所の住人だけで、車はさっさと通りすぎていく。さっきの空手教室にしても、実態は託児所といったところだった——良幸と再会したのは意外だったが。

それでも駅のほうへは戻らずに、何もないほうへ向かって漕いでいく。どこへ向かってるんだと自分に問いかけながら、やみくもにスピードを上げる。雪が本降りになってきて、目や口に入った。路面がかなり滑りやすくなっていることに油断していた。後ろからトラックに追い越されたはずみに前輪が横滑りして、あやうく転倒するところだった。

自転車を立て直すと、その場で動けなくなった。体は踏ん張った左足が痛むだけだったが、それ以上走る気がぷつりと失《う》せた。どうすればいいんだ、と思い、どうしようもない、と思う。胸の底でずっと思い悩んでいるのは写真のことだった。凜子が写真を同封してきた以上、自分もそうしなければならないだろう。凜子は当然それを望んでいるだろうし、ポートレイトをクモオは喜んで送ってくるはずだと信じているだろう。

しかし、送ることなどできない。

今更のようにはっきりと、それに気づいたのだった。会いたいとか会いさえすればどうにかなるとか、まったく今までどうして能天気に思うことができたのだろう。どんなによく撮れた一枚を選び抜いたところで、それは二十一歳の、何者でもないガキのスナップに過ぎない。

重要なのはふたりが文通で培ってきたものであって、何歳だろうが何者だろうが関係ないと凜子も思ってくれるだろうと、これまでは信じていた。しかし結局、俺は自分で自分をだましていたのではないか。凜子と会って、一緒に暮らしてという計画は夢に過ぎないと、じつは誰よりもわかっていたのではないか。

便箋に書き綴ったことに、俺は現実を侵食されていたのかもしれない。その便箋に、凜子が風穴を開けた。そこから現実が流れ込んできて、俺はどうしていいかわからなくなっているのだ、と航大は思う。

どうしたらいいのだろう。

何もない道の途中で、つめたい雪に濡れるままになりながら、航大は考える。手紙に書いたプロフィール同様に、ニセの写真を送ればいいのか。だめだ。それをしてしまったら、凜子に会える可能性がさらに失われるだけだ。

そうだ、俺は彼女に会いたいんだ。会わなければならないんだ。ただの憧れや夢物語じゃないんだ。

写真は送れない。まだだめだ。だから会うこともできない。まだ。三十五歳の貿易会社勤務ではない俺、二十一歳の就職先も覚束《おぼつか》ない俺を、凜子に受け入れてもらう方法を、俺は考えなければならない。凛子に会うためには、俺が彼女にとって必要な男であることと、重要な男であることを証明して見せなければならないんだと結論し、航大はようやくペダルを踏み込む――駅のほうではなく、さらに何もない先へ向かって。

＊

写真、ありがとう。

感激とともに、驚いています。凛子さんが、あまりにも想像通りの人だったから。「想像以上」って書かなかったことに気を悪くしないでくださいね。だってさ、僕の想像してた女性はそれはそれは素敵な人だったんだから。おまえそれは夢見すぎだろうって、自分にツッコんでたほどだったんだから。

それなのに、まったくその想像通りの、いや（悔しいけど、やっぱり言い直すよ）想像を超えて素敵な女性の写真が送られてきて、それこそなんだか夢を見ているような気持ちです。

外見上のことだけじゃないよ。もちろん凛子さんは美しい人だけど、その美しさの奥から、僕に伝わってくるものが、本当に想像通りだったんだ。知ってる、と感じた。僕は貴女を。ああ、僕が語りかけていたのはやっぱりこの人だったんだって、心から納得したんだ。

一方で、ひどく動揺してもいます。凜子さんはひどい人だね。あんな衝撃的な手紙と、あんな素敵な写真を一緒に送ってくるなんて……。「死んでほしい」とか「殺されてしまってもいい」とかって……本気じゃないよね？「彼」はそれほどにひどい男である、という意味だよね？それにしても「死」「殺」という文字には、正直なところびびりました。

それから「愛」という文字にも……。「夫を愛しているのかもしれない」という一文。ショックでした。嫉妬もした。でもじっくり考えて、思い直したんだ。

まず思ったのは、凜子さんはやっぱりすばらしい人なんだということ。だってどんなにひどい男でも、「彼」は凜子さんが夫として選んだ人であるわけだから。どんな理由で選んだにせよ、少しは（とても？）愛してたんだと思う。それをなかったことにできないというのは、理解できるし、誠実だとも思うんだ。

それから考えたのは、便箋の上に貴女が書いた「愛」にも「死」にも「殺」にも、それらの文字が本来持っている意味はないんじゃないかということ。これらは記号にすぎないんじゃないかって。結局のところこれらは、凜子さんが新しい世界へ踏み出そうとしていることを示しているんじゃないかということ。

勝手なことばかり書いてごめん。で、結局何が言いたいかというと、僕は嬉しいんだ。だって写真を送ってくれたことにしても、どきっとするような言葉を書いているのも、僕を信頼してくれている証拠だと思えるから。

それで、もちろん僕もその気持ちに応えたくて、写真を探しました。じつのところさっきまで必死に探してた。つまり、凛子さんをできるだけ失望させないような一枚を血マナコで探してたってこと（笑）。

で、これが、ないんだ。自分で許容できる一枚が（笑）。言い訳させてもらうと、自分で言うのもなんだけど、そこそこイケてる写真はないこともありません。でも、なんか違うんだ。僕が凛子さんに見てほしい、知ってほしい僕じゃないんだ。クールといえば聞こえはいいけど、どれもひどくさびしそうだし、ひどくつめたい男にも見える。今の僕にそう見える、ということなんだと思うけどね。そういうわけで悩んでいたら、はっと思い出しました。

三月に東京出張があるんです。そのときに会えないだろうか。今、溜息を吐いた？それとも眉をひそめたかな。「会うのは無理」と書いてあったのは、ちゃんと読みました。それでも、なんとかならないだろうかと、怒られるのを覚悟であえてお願いしているわけです。どこへでも行きます。五分でも、なんだったら一分でもいい。宅配便の人とか郵便配達の人とかに変装して行ったっていいよ（真面目に言ってます）。

僕らは会うべきなんだと思う。凛子さんは写真を送ることで、新しい世界への第一歩を示してくれたけど、さらにもう一歩進むために、僕は貴女に会いたい。それでなければ、はじまらない。はじめることができない。「彼」がいない世界へ、ふたりで行くためには……

1月12日　クモオ

＊

心配かけてごめんなさい。

でも今頃は、私の手紙と、それに写真が、あなたに届いているはずですね。驚かせてしまったかしら。

気に入ってもらえるかどうかドキドキだけれど、楽しみでもあります。次の転送日には、きっとクモオさんの写真が届くと思って。

あんまりドキドキして、楽しみすぎるから、今回の手紙はこれで終わり。あ、そうだ、ひとつだけ質問させてください。

クモオさん、あなたの空手で、人は殺せる？

1月8日　凜子

＊

一月二十五日に転送されたクモオからの手紙には、写真は同封されていなかった。

やっぱりね、と柚は思う。

前回の手紙に自分の写真を同封したのは、発作的な行動ではあったのだが、一種のテストでもあった。クモオがこれまで手紙に書いてきたことがすべて本当であるなら、必ず写真をよこすはず。そういうギブアンドテイクの作法で、これまでの文通は成り立っていたのだから。

にもかかわらず、送ってこなかった。あれこれ言い訳を並べているけれど、ようするに「送れる写真」がないということだろう。「凛子さんに見てほしい、知ってほしい僕」の写真が見つからないのではなくて、自己申告のプロフィールを裏付けできる写真がない、ということだろう。探したってそんなものはどこにもないのだろう。「三十五歳の貿易会社勤務のエリート」だなんて嘘っぱちだから。

その一方で、会うのは無理だとあれだけこちらが書いているのに、やはり会うべきだとごねている。東京出張があるからと。これも嘘なのだろうと柚は思う。凛子とは決して会えないことをわかっているからこそ言っているのだ。クモオには会う気などないのだ。甘ったるい文通だけを続けたくて、できる限り嘘で引っ張ろうとしているのだ。

手紙をシュレッダーに投じようとした手を、柚は止めた。あるいはクモオは、凛子に本当に会いたいのかもしれない、とふと思ったのだ。手紙に書いてあることが全部本当だったとしたら？　会うために、そのバーターとして写真を利用しているのだとしたら？　クモオのほうこそ、凜子を試しているのだとしたら？　あんたのほうこそ、本当に申告通りの女なのかと暗に訊ねているのだとしたら？

凜子は手紙をシュレッダーに投げ込んだ。クモオへ送った写真は十年くらい前のスナップだった。それも、若くて美しいということはわかっても顔立ちの個性ははっきりとわからないもの――どこかで天谷柚の写真を目にしたとしても、凜子と同一人物であるとわからないようなもの――を巧妙に選んだのだった。凜子がそういう女であることを、クモオが感づきはじめているとしたら？

まさか、と柚は思う。いいえ、そうかもしれない。そう思い返す。どちらも望んでいないし、また望んでいることであるような気がした。いずれにしても、今頃は次の手紙がクモオの元へ届いている。再び「殺」という字がはっきりと記されている手紙が。「殺せる？」とあからさまに問うている手紙が。あれもまたテストだった。テスト、あるいは関門。クモオは呆れて、もう二度と手紙をよこさないかもしれない。さもなければ、まだよこすかもしれない。見えているものをごまかし、甘ったるい言葉で凜子のことも自分のこともごまかしながら。クモオには凜子が必要だから。そうしたら私は……

どうするの？　どうする気なの？

柚は自分に問いかけた。それもまた、望んでいないし、望んでいることであるようだった。

ドレッサーの鏡に映った自分を柚は見つめる。

ひどい顔をしている。目が窪《くぼ》み、肌はくすんでいる。このところずっと睡眠不足であるせいだ。

もちろん真哉には言っていない。夜、ともにベッドに入っている妻は、自分同様にぐっすり眠っていると思っているだろう。実際には柚が目を閉じているのは夫が寝入る前までで、寝息が聞こえてきてからはずっと目を開けている。なんとかして眠ろうという努力も最近は放棄している。

目を開けて、切れ端を探している。物語の切れ端だ。暗闇の中を逃げ惑う女の白いドレスの裾のように、ときどきそれが目の前に浮かぶような気がする。でも、摑めない。摑めそうになるとするりと手の先から逃げていく。そのうち女自体もあらわれなくなる。女などいなかったのだ、と柚は考える。眠ろうとする。だが目を閉じると、女などいないということ、自分にはもう物語を生み出す力はないのだということで頭の中がいっぱいになって、内側から押し開けられるように瞼が開いてしまう。だからそれからも、探し続けるしかなくなるのだ——ありもしない切れ端を。

めったに使わないコンシーラーを柚は目の下に塗り込んだ。ファンデーションもいつもより厚く塗り、苛立たしくパウダーをはたく。化粧が濃すぎると真哉に怒られるかもしれないが、目の下の隈《くま》があらわになっていれば、やはり不機嫌になるだろう。できあがった顔は、実際の年齢よりもずっと老けて見えた。クモオに二十八歳だなんてよくも自称しているものだ。でも今日はこれからこの顔で出かけなければならない。青山のカフェで雑誌のインタビューを受けることになっている。

現場に柚は五分前に着いた。そうするようにと真哉から言われている。真哉も雑誌側のスタッフも、もう席に着いて待っていた。真哉はいつでも十分前には来ている。そうして相手側がそれより早く来ていないと、その後の天谷柚との仕事に支障が出るらしいと、業界では囁《ささや》かれている。あるとき冗談めかして誰かが柚に耳打ちしたから知っていた。

「そうですね……やっぱりメールでのやりとりのほうが多いです。だから手紙は、以前よりずっととくべつなものになっていますね」

「美しい日本語」という特集の中での「手紙」にかんしてのインタビューだった。いつものように真哉経由で受けた仕事だ。

「ルール？　それよりは気分だと思います。これはメールじゃなくて手紙で伝えたい、と思うことがあるんですよね。お礼だったり、お祝いだったり、あるいはお悔やみだったり。もちろん宛先が誰か、というのもありますし……。いつもはメールでやりとりしている方でも、この用件は手紙に書こう、と思うこともあります」

「そういえばこの頃僕にはちっとも手紙くれないね」

真哉が口を挟んで、ちょっと笑いが起きる。

「もし今、あなたに手紙を書きたくなったとしたら、かなりシビアな内容になりそうよ」

柚はそう応じ、さらに笑い声がたった。最後にご主人に手紙を書いたのはいつですか、とインタビュアーが聞いた。

「結婚してからはお互いに手紙を書いたことないわよね？」

「そうだね。クリスマスや誕生日に、カードの交換くらいはするけど」

「自分が書いて送った手紙が、自分が暮らす家の中に保存されてるっていう状況がちょっといやなのかもしれませんね」

結婚してから夫に手紙を書いていない理由を、柚はそう説明した。

「手書きの文字って、生々しいものだと思うんです。どんな便箋を選んだかにはじまって、そこに綴られる文字の勢いとか筆圧とか……書き手のその瞬間の真実みたいなものを、内容以上にあらわしてしまうんじゃないかしら。封筒に入れて送ってしまえばそれはもう自分には見えないものになるけど、家庭内での文通の場合は、見ようと思えば見ることができるわけでしょう。見ようと思わなくても、なにかの証拠とか言質《げんち》とかのために、見せられることだってあるかもしれないし……ふふふ。

そうね、手紙って、なかったことにできない。それが手紙の独特な性質であって、運命でもあるんじゃないかしら。メールなら、あれは自分じゃない誰かがキーボードを打ったんだって言い逃れできるけど、手書きの手紙はそうはいかないでしょう。訂正したり書き直したりするのも大変ですよね。うっかり書いてしまった一行を、消したいと思うけどそれには最初から全部書き直さなくちゃならなくて、それならもう仕方ない、このまま送ってしまおうなんてことも起きるんじゃないかしら。夜書いた手紙は朝に読み返したほうがいいとよく言いますけど、不用意な言葉を相手に届けてしまいがちなのは、手紙のこわいところで、素敵なところでもあるかもしれませんね」

真哉が音をたてて椅子を引き、コップの水を飲んだ。もうじゅうぶんだ、と伝えようとしているのがわかった。インタビュアーたちもちょっと戸惑ったような表情をしていた。そのあと二、三の質問がそそくさとなされて、インタビューは終わった。

「いい話だったよ」

店を出てふたりきりになると、しかし真哉はそう言って微笑んだ。

「今あなたに手紙を書いたら、シビアな内容になりそう、っていうところ？」

柚も笑ってそう言ってみる。

「文通してみようか、ためしに」

「それはどうかしら」

「柚の〝瞬間の真実〟を知りたくなったよ」

「教えないわ」

真哉の手が柚の腰にまわり、腰の肉をちょっとひねった。つねったというよりは愛撫《あいぶ》だったが、柚の心臓は大きく跳ねた。

大通りに出た。柚が乗って帰るタクシーを拾うために、ふたりは立ち止まる。

「今夜は何食べるの」

「えっ？」

質問の意味がわからずに柚はおそるおそる聞き返す。

「今夜はさぶろう会だからさ。夕食は柚ひとりだよ。食べるものある？」

「ああ……あるわ。大丈夫」

そうだ、今夜は月に一度、真哉が泥酔して帰ってくる日だったと柚は思い出した。

8

今月の「さぶろう会」には、結局、柚も行くことになった。夕食の支度にかかろうかという頃、真哉から電話があって、みんなが君に会いたがってるから来てほしいと言われて。断るほど急ぎの仕事がないことは真哉にはわかっているから、断りようもなかった。のろのろと身支度し、のろのろと店まで歩いた。

会は二時間ほど前にはじまっていて、男たちは真哉を含めて、すでに全員酔っ払っていた。だからこそ柚を呼び出せという話にもなったのだろう。こんなふうに参加したことはこれまでにも二度ほどあって、二度ともそうであったように、この夜も時間が経つのがひどく遅かった。天谷柚として、幸福な結婚生活を送っている妻として、酔っ払い相手に演技し続けなければならないことに早々にうんざりした。

「試してみるべきだと思うわ」

うんざりしながら、柚はそう言う。三郎さんは先月、インプラントを入れたのだが、デンタルクリニック通いの最中に、自分は女より男のほうが好きかもしれない、と気づいたのだそうだ。「イケメンの歯科医」から飲みに誘われていて、応じるべきかどうか迷っているのだという。

「でも、応じちゃったら、決定しちゃうかもしれないじゃない？」

言葉までそれふうになっている。決定しちゃったらだめなの？　と柚は聞く。

「だって、まだ女性にも未練がないわけじゃないし」

「いいから、とにかく一回やってみろよ」

それで感想を教えてくれよ、と文庫編集の男が言い、

「めくるめく世界を知ったら女なんかどうでもよくなるよ」

と週刊誌の男が言う。

「男を好きになるにしても、女についてもっと造詣を深めてからのほうがいいような気がするんだ」

「まだ知り足りないの？」

カウンター越しに白ワインを注《つ》いでもらいながら柚は笑ってみる。三郎さんが一度離婚していることを知っていた。

「知り足りないよ。知りたくもない、と思ってた時期が長かったから」

間延びした笑いが起きる。今日集まっているのは六人で、三郎さんのほかはみんな編集者で、柚は全員と面識がある。

それぞれのプロフィールも、本人から聞いたり、真哉から聞いたりしてある程度は知っている。独身か既婚か。離婚経験はあるか。恋人はいるか。病歴。仕事はできるのか。会社でうまく立ち回っているのか。最近どんなトラブルに見舞われたか。

三郎さんは髭面の巨漢で、文庫編集は痩せていて、週刊誌の男はいつでも洒落のめした格好をしている。単行本編集は小柄、海外翻訳折衝部は小太り。そういう彼らはそれぞれのアルコールの強さに応じてそれぞれに酔っ払い、旧知の仲間同士の気安さで、喋りたいことを喋っている。

そうだ——と、柚は考える。誰だって、喋りたいことしか喋らないのだ。誰だって、本当のことじゃなく、喋りたいことを喋るのだ。三郎さんが「男に目覚めた」のが本当かどうかはわからない。歯科医に誘われたというのも。本当なのは、彼がそう喋りたい、ということだけなのだ。そんな話をこの場で披露したい理由だけがあるのだ。それに対するみんなの反応だってそう。やってみろとか、めくるめく世界とか。言うべきことではなくて、言えることしかひとは言わない。いったいこの中の誰が、本当に本当のことを喋っているというのだろう？

そこで柚は、真哉のほうを見た。彼があまり喋っていないことに気がついたのだ。男たちも同様だったらしく、文庫編集が「なに、にやにやしてんだよ」と真哉に言った。実際、彼は黙ってにやにやしていたのだ。

「俺には無関係って顔してるよな」

「そりゃ、柚さんみたいな奥さんがいたら、無関係だろう」

「男にぐらっときたことない？」

「ないに決まってんじゃん。っていうか、ほかの女にぐらっときたこともないだろ。柚さんと出会ってからは。な？　そうだろ」

男たちが口々に囃しても、真哉は薄笑いを浮かべたまま口を利かなかった。夫は酔っているのだと柚は思う。それほど酒に強くはないし、それがわかっているから、普段は自分をコントロールできなくなる分量は飲まない。でも、今日はかなり酔っている。それだって、そうしようと決めて酔っているのだ——たぶん、私がいるから。

「ウイイイ、ウイイイ」

真哉の唇から声が洩れ出す。最初は気分でも悪くて唸《うな》っているのかと思わせるほどの音量だが、次第に大きく明瞭になってきて、男たちは顔を見合わせる。

「僕と妻のひみつの音だよ」

何の真似だという表情の男たちに向かってというより、それが「アラーム」だと知っている柚に向かって、真哉は言った。

「なんだよ、それ」

「いやらしいな」

「柚さん、教えてよ。ひみつの音って、何の音?」

ひみつはひみつよ。柚はそう答えて、男たちに下卑た歓声を上げさせた。微笑を顔に貼りつけていたが、皮膚の内側は怒りでいっぱいだった。真哉は男たちにのろけているのではない、私に確認しているのだ、とわかったから。おまえは俺のもの、俺の支配下にある女だと。そうして、何より腹立たしいのは、そんなふうに念を押されて、柚自身があらためてそれを認めていることだった——もしかしたら微かな喜びとともに。

午前二時を過ぎて会はようやくお開きになり、タクシーを待つ男たちと別れて、柚は真哉の手を引いて自宅に向かって歩き出した。

通り沿いのマンションの窓にも、すでに灯りは見えなかった。この時間、人通りはもちろん、車の往来もほとんどない。ひどく寒かったうえに、柚の手にぶら下がりよろめきながら歩く真哉は重かった。

この重さはなんだろう？　柚は自問する。なぜ私は夫の手を握っているのだろう？　なぜ振りほどかないのだろう？

「ウイイイ、ウイイイ」

柚の腕に体重をかけながら、真哉は再びその声を発した。

「ウイイイ、ウイイイ」

「やめてちょうだい」

柚はどうにか微笑みながら言った。

「もう柚は呼ばないよ」

ぐにゃぐにゃと体を揺らしながら真哉は言った。このひとはひどく酔っているのではない、ひどく酔ったふりをしているのだと柚は気づいた。

「男同士の話に差し障りがあるからね」

「それほど遠慮があったとは思えないけど」

こんな話はしたくない、と思いながら柚は言った。

「遠慮はあったさ。僕はほとんど喋らなかっただろ」

「私がいなかったら、喋ってたの？」

「そりゃそうさ」

「どんなことを？」

「それはひみつ。男同士のひみつ」

柚は肩をすくめてみせた。ひどくいやな気分だったが、真哉がそれ以上続けようとしなかったのでほっとした。十字路に差しかかっていた。赤信号だったが、このまま渡れそうだった。早く家に帰りたい。ベッドに入って眠りたい――少なくとも、眠ったふりをしたい。

踏み出そうとしたときだった。

「ウイイイ、ウイイイ」

真哉の唇からまたその声が洩れた。

「やめて！」

柚は思わず叫んだ。同時に、繋いでいた手を振り払った。

故意に突き飛ばそうとしたわけではない。しかしその動作で、真哉は大きく揺らめいた。酔ったふりをしようとしすぎていたのかもしれない。つんのめって前方に傾き、そこにスピードを上げたタクシーが走ってきた。

柚はとっさに夫のコートを掴んで引き寄せた。夫の背中が顔にぶつかり、足を強く踏まれたが、からくも真哉は車の前に飛び出さずにすんだ。タクシーがクラクションを鳴らして罵った。柚が真哉を抱きとめる格好で、しばらくの間ふたりとも荒い息を吐いていた。

「死ぬとこだった」

と呟いた真哉の顔は笑っていたが、声には恐怖が滲んでいた。

「ていうか、殺す気だった？」

「かもしれないわね」

柚は答えた。かろうじて微笑むこともできたから、もちろん真哉は冗談と受け取っただろう。でも、柚の心臓はどきどきしていた——おそらく夫以上に。私がコートを掴まなければ彼は車の前に飛び出していた。真哉の死。それは今、ほんの指の先にあった。それはとても簡単なことに思えた。

翌日、柚は正午を過ぎて家を出た。

朝にコーヒーを一杯飲んだきりなのに食欲がわかず、少し歩こうと思った。カフェの前でも通りかかれば、何か食べる気が起きるかもしれない。よく晴れていたが冷たい風が吹いていた。昨夜はさほど飲んだわけでもないのに、二日酔いのように頭が重かった。

何軒かの店の前を通りすぎた。パスタにもワンプレートランチにもハンバーガーにも食指が動かなかった。結局、目的は食事ではなかったのだと認めたときには、昨夜の道を歩いていた。居酒屋「さぶろう」へ至る道。真哉が死ぬところだった四つ辻《よつじ》に差しかかった。信号はやはり赤で、立ち止まっていると頭の中のもやが晴れていくようだった。かわりに怒りが戻ってきた。

信号が変わっても、柚はその場に突っ立っていた。混乱していたのだ。奇妙なことだった。この怒りが昨夜、真哉、それに自分自身に対して覚えたものであるのは間違いないのに、思い浮かべているのはクモオだった。クモオ、あるいは彼の手紙の文面、その文字面。怒りの矛先はクモオに向かっている。

許さない、と柚は思っているのだった。私は写真を送ったのに、彼の写真を送ってこないなんて。見え透いた言い訳。東京出張なんて。会えるとも思っていないくせに。生ぬるい関係のままいられるなんて思ったら大間違いよ。怪しいと思っているとしたって、今更手を引かせないわ。逃がさない。柚はそう考えていた。

向こうから横断歩道を渡ってきた学生服の少年にすれ違いざまじろじろ眺められて、自分が何回分かの青信号の間動かずにいたことに柚は気づいた。道を渡りながら、今日この道で会った最初の人間がさっきの少年だった、と考えた。

人通りの少ない道なのだ。どこかの学校の通学路になっているのかもしれないが、夕方を過ぎれば生徒たちはみんな家に帰ってしまうだろう。公園の向こうのマンションのひとたちが使うのは反対側の道だ。公園と逆側にはオフィスビルが並んでいるが、ひとの出入りは遅くても夜十時頃までだろう。昨夜、午前二時過ぎにはビルの窓に灯りはひとつもなかった。もしも誰かがビルの中にいたとしても、窓から外を見はっているわけではない。夜中にわざわざ窓の外を眺めようと思うひとはいないだろう。叫び声でも聞こえないかぎりは。

叫ばなければいいのだ。叫ぶ間を与えなければ。クモオならそれができるはずだ。空手の師範なのだから。できないなんて言わせない。それすらも嘘だったなんて言わせない。

柚ははっとして立ち止まる。すぐ目の前にシャッターを閉めた「さぶろう」が見えていた。踵を返し、来た道を戻り、最初に目についた店に入った。案内されたテーブルに着いてから、そこが台湾料理店であったことに気がつき、運ばれてきた料理をぼんやり見下ろした。

私は計画を立てているらしい。計画を立て、シミュレーションしているらしい。実行の可能性を探っているらしい。

そうして、夢想しているらしい。もしも真哉が消えたら、私は再び、自分だけの物語が書けるようになるのではないかと。私の創造力は失われてしまったのではなくて、抑えつけられているだけなのだと。枷《かせ》さえ打ち壊してしまえば、私は羽ばたけるのだと。あるいは――ここで柚はそれまでより一段と自分に正直になる必要があった――枷が破壊された衝撃によって、これまで持っていなかったものを与えられるのではないかと。そうして――

もう真哉を愛さずにすむと。そうだ、私は事実、夫を愛しているのかもしれないけれど、もう愛したくないのだ。愛さないためには、彼に消えてもらうしかない。

文字通り一口も食べないまま店を出て、家に戻った。それから写真を探しはじめた。真哉の写真を探すのだ。暗闇で出会ってもそれが凜子の夫であるとクモオにわかるような、様々な角度の写真を。

今では、するべきことをしている、という感覚があった。平静なのは、どこかでこれはゲームだと思っているせいかもしれない。そう――まだ、空想ゲームの域を出ていない。写真も手紙も、まだクモオに届いていないのだから。

でも、それはこれまで繰り返してきた言い訳でもあった。最初からゲームだと思っていた。そうしてここまで来たのだ。

＊

人が悪いな、凜子さんは。

短い（短すぎる！）手紙。その中に、また「殺」という文字。つくづく眺めていたら、なんだか愛着がわいてきた（笑）。へんな字だよね。「メ」と「木」と「凡」の点がないやつと、「又」でできてて。パズルみたいだ。全部バラしてがらがら混ぜたら、全然違う字になりそうだね（実際、ちょっと考えてみたけど、僕の知能では思いつかなかった）。

とにかく、質問には答えます。

可能です。

以上。

わかってると思うけど、これは単純な事実です。金沢には雪が降りますかと聞かれて、「はい、降ります」と答えるのと同じ。あるいは……（うーん、意外と思いつかないな）、あなたは五十メートルを七秒台で走れますかと聞かれて、「可能です」と答えるのと同じ（ちなみに僕の最速タイムは、高校一年のときの六・七秒でした。あの頃よりは衰えてるだろうけど、今でも七秒台はぎりぎりいけると思う）。

茶化してるわけじゃないですよ。いや、正直なところ、茶化しているのかな。凜子さんがどんな顔であの質問をしたのかわからないから。本気で答えて、引かれちゃったら困るから。

これまでは、凜子さんの文字（美しく繊細な、僕の大好きな文字！）の向こうに、貴女の顔が見えるような気がしていた。写真をもらう前でさえね。でも今回は難しい……あまりにも貴女にそぐわない質問だから。むしろ写真をもらったせいで、いっそうそう感じるのかもしれないね。あの女性の唇から、あの質問が出るというのがどうしても現実的に思えないんだ。

ところで、東京へ移住することを今わりと現実的に考えはじめています。

この前の日曜日に、若い男が僕の道場を見学に来たんだ。大学三年生ってことだったけど、中学まで空手をやってたらしくて、まだ未練があるみたいなんだよね。それでちょっと手合わせしてみたら、ブランクがあるわりには、わりと使えるんだ。いや……かなりだな。道場には通わなくなっても、自主トレをずっと続けていたらしい。

まだ、僕の胸の内だけのことなんだけど……僕の後釜、そいつにまかせてしまおうかなと考えている。東京で暮らしたいという話、前にも書きましたよね。あれからずっと考えていて、結局、僕を金沢に引き止めるものがあるとしたらそれは仕事じゃなくて道場の子供たちだってことに気がついたんだ。でも、彼みたいな青年に引き継いでもらえれば安心かなって。もちろん彼の都合もあるから実現するとはかぎらないけど、可能性はあると思う（ところで「可能」と「可能性」の間には、どのくらいの距離があるんだろう？）。

初対面の、どこの馬の骨ともわからない若いやつのことを、どうしてこうまで信用してしまったのか、自分でも不思議なんだけどね。ひとつには、手合わせしたときの感触というのがある。三十分面接するよりも、よほどわかることがあるから。もうひとつの理由は、まったく理由にはなってないんだけど、僕が彼だったらいいのにって、ちょっと思ったんだ。まだ大学も卒業していない、就職も決まっていない（と本人が言っていた）青年だけど、何も持ってない、何者でもない、そのことがうらやましくて。彼の未来の真っ白なスペースをもし僕が持っていたら、今すぐにでも仕事を放り出して凜子さんのそばへ飛んでいけるのになって。

あ、また脱線してしまった。すみません。

東京、行きたいんだ、ものすごく。出張のことは前回書きましたよね。僕らが会える「可能性」はどのくらいあるんだろうか。「茶化さない話」はやっぱり手紙では無理です。貴女の目を見て話したい。

次に僕の元へ届く手紙に、少しでも前向きなことが書いてあることを祈りつつペンを置きます。

1月30日　クモオ

*

写真、送っていただけませんでしたね。

ひどくがっかりしました。写真のことでも、クモオさんの呑気さにも、わからずやぶりにも。「本気じゃないよね？」ですって？　冗談であんなことが言えると思う？　女同士のお喋りじゃないのよ。まだ会ったことも、見たこともないあなたに向かって、私は夫に「死んでほしいの」と書いたのに。

われながら、遠慮のない書きぶりね。痛みのせいでとりつくろう余裕がないの。一昨日はそうとうひどくやられました。彼を怒らせないように、いつだって吐き気がするほど神経を使って生きているのに、結局、そんなことは何の役にも立たないのだと、思い知らされることになります。

いまだに何が彼の気に障ったのかわからない。クモオさんならわかるかしら。前日に、私は夫と彼の同僚たちとの飲み会に参加していました。夫から急に呼び出されたから、タクシーで店に行ったのです。私以外は全員男性。そこにいたのは七時間あまり。ええ、もちろん苦痛だったわ（そのあとに受けた苦痛と比べれば、マシと言うべきなんでしょうけど）。でも、私が着いたときには彼らは全員酔っ払っていたし、そろそろ帰りましょうなんて夫に言えるはずもないから、私はずっと微笑んでいたし、話しかけられれば愛想よく答えもした。

昨日はずいぶん楽しそうだったね。

それが、私を痛めつける前の彼の言葉。楽しかったんだろう？　へらへら笑っていたし、ぺらぺら喋っていたもんな。そんなことを言われた。おかげで彼はちっとも楽しくなかったんですって。突き飛ばされて、倒れたところを蹴られて、転がって逃れようとしたら、馬乗りになって拳で顔を殴られた。今、左目のまわりには大きな痣ができてひどい有様になっているけど、そこより痛むのは肋骨。もしかしたら折れているか、ヒビが入っているかもしれない。

どう？　これが私の日常なのよ。いつもより少しばかりひどいというだけで、突発的な事故でも大惨事というわけでもないの。

別れることも、逃げることも私にはできないの。どうして？　とは聞かないで。できなくなる歳月を過ごしてきたのよ。生きているかぎりこれは続くの。終わりにするためには、私か彼、どちらかが死ななければならないの。

そして私は死にたくない。これまでは、心のどこかでどうでもいいと思っていたけれど、今は死にたくない。クモオさんと出会ったから。あなたに会いたいから。

東京出張の日取り、決まったら教えてください。前にも書いたとおり、クモオさんが近くにいることを感じていたいから。でも、会うことはできません。彼が生きている間は。

約束します。彼が死んだら、あなたに会います。それまではだめ。彼が死んだら、私が金沢へ行ってもいい。もちろんあなたが来てくれれば、東京で一緒に暮らしてもいい。

クモオさんがそうしたいなら、仕事をやめればいい。お金のことなんてどうでもいい。生きていけるなら、私は何でもする。

私は本気です。

2月1日　　凛子

＊

凛子は怒っている。

いや——失望している。「ひどくがっかりしました」その一文に、自分が大きなダメージを受けていることを航大は感じる。

遠慮がないのは痛みのせいだと書いている。とりつくろう余裕がないのだと。ということは、今まではとりつくろっていたということだろうか。そう言いたいのか。本当はとうから怒り、失望していたのか？　クモオの呑気さ、わからずやぶり、ふがいなさに。

いや——そうじゃない。凛子があういう書きかたをしたのは、自分の窮状を訴えるためだ。夫の暴力はあきらかにエスカレートしている。彼女は突き飛ばされて骨が折れるほど蹴られて、ひどい痣が残るほど殴られたのだ。夫は抑制が利かなくなっているのではないか。そのうち凛子は、致命的な暴力を受けるのではないか。

手紙を読んだ瞬間から、航大の胸はずきずきと疼いていた。凛子の身を案じてのことだと思いたかったが、実際のところ失望されたことのほうが応えていた。自分の甘さが今更恥ずかしくなる。クモオが写真を送らなくても、凜子は許してくれると思っていた。言い訳として「東京出張」のときに会いたいと提案し、その提案は、きっと却下されるとわかっていたからこそできたのだが、それでも「会いたい」と熱心に繰り返すクモオの気持ちに、凜子は感動してくれるはずだと思っていた。

もちろん凜子も「会いたい」と書いてくれている。死にたくないのは、クモオに会いたいからだと。「約束します」以下の最後の数行は、何度も何度も読み返した。甘くてロマンチックで、しかしそれとおなじだけのつめたさが襲いかかってくるような気がする。会いたいと言いながら、凜子がクモオから離れていこうとしているのを感じる。このまま何もしてくれないなら私はあなたを見限ると、声に出さずに囁いているのを感じる。

バスに乗っている間に雪の量が増えてきた。

団地前のバス停で降りたときにはすでに十センチほど積もっていた。徒歩だと集会所まではけっこうな距離があって、着いたときには革靴が濡れてひどい有様になっていた。

前回来たときにこっそり掲示板のタイムスケジュールをチェックしていて、そろそろ稽古が終わる時間と見計らって来たのだった。子供たちを車座にして中央で何か喋っていた良幸が、航大に気づいて片手をあげる。

「なんだよ、また来たの」

子供たちを解散させると、近づいてきてそう言った。幾分、戸惑っているような表情だった。航大がコートの下にスーツを着ているせいもあるのかもしれない。

「就活の帰り？」

「まあ、そんなとこなんだけど」

実際には、母親に「面接に行く」と言って家を出てきたせいだった。就職はどうなっているのだと、この頃顔を合わせるたびに聞かれるようになっている。

「ていうかさ、俺、雇ってもらえないかな、ここで」

あえて前置きなしで、ごく軽い調子で航大は言う。良幸は眉を寄せた。

「意味わかんないんだけど」

「正社員じゃなくてとりあえずは良幸みたいなのでもいいんだ、ここで雇ってもらう方法ってあるかな」

「俺みたいなのって、子供に教えるってこと？」

「そう。いや、とくに子供に教えたいっていうわけでもないんだけど、空手にかかわる仕事がしたくてさ。この前ここに来て、火がついたっていうか」

「おいおい、大丈夫か」

良幸が苦笑する。ばかにした笑いだと航大は感じる。ガキみたいなことを言うやつだと思っているのか。それほどの腕もないくせにと軽んじているのか。

「そういうの、俺には権限がないし」

「だから、上のひとっていうの？　誰のところに頼みにいけばいいか教えてよ」

「無理だよ。部の関係者しか採らないし。ていうか、航大、もう空手やってないんだろ？」

「道場には通ってないけど、自主練はしてたからさ」

これも嘘だった。実際には、ときどき思い立ってランニングをしていた程度だ。それすらもいつも一週間も続かなかった。

良幸はじっと航大を眺めた。今度はうんざりしている顔だと航大は感じた。自分がへんだということは自覚している。だがやめることができない。性懲りもなくここまで来て良幸に縋《すが》ることの結果を本当に期待しているというよりは、願掛けみたいな、自分の決意を宇宙とか運命とかそういうものに向かって表明しているのだという気分がある。

「試しに手合わせしてみてくれよ」

気がつくとそんなことを言っている。凜子への手紙にも、クモオは突然訪ねてきた青年と手合わせすることになっている。そうして、彼の資質を見抜くのだ。

良幸はさらに航大を見つめた。いいやつだと思ってたけど、いやなやつだ、と航大は感じる。優越感がぷんぷんする。

「じゃあ、ちょっとやってみるか」

「え?」

あっさり実現するとは思っていなかったので、航大は動揺した。

「おーいダイチ。まだ道着脱ぐな」

良幸に呼ばれて振り向いたのは、小学校高学年くらいのやせっぽちの少年だった。

9

足が雲を踏んでいるようで、バスに乗り込むときステップでよろめいてしまった。車内は空《す》いていて、学習塾のマークが入ったリュックを背負った子供たちのグループが前方の席を占めているだけだったが、その子たちがしきりに振り返るので、自分が泣いていることに航大は気づいた。

慌てて顔を拭う。何も泣くことはないんだ、と自分に言う。十二歳かそこらの少年を相手にした組み手は、有効を一つ、技ありを一つ取られるという結果に終わった。組み手開始から十秒足らずで、少年がひょいと繰り出した突きに、良幸が「有効」の声を上げたのだ。だが、あきらかに甘い判定だったし、自分のほうには油断があった。いくらブランクがあるといっても、子供相手の組み手に本気になれというほうが無理だし、相手にケガをさせないことばかり心配していた。

実際のところ、ばかばかしいからやめようと思っていて、言い出すタイミングを計っているところに突きが飛んできたのだ。びっくりして——その驚きの中には、これを有効にするのかという、良幸の師範代としての資質に対するものも含まれていた——調子をくるわされ、間を置かず技ありを取られた。挽回しようとしたが時間切れになった。久しぶりにつけた防具がじゃまだったのと、ばかげたことをやっているという気持ちをなかなか切り替えることができず、どうにも集中できなかったせいだ。

悔しかったのはたしかだ。しかしそれは少年に負けたからじゃない。あれは負けてやったようなものなのだ。もう一度やれば勝てるに決まっていたが、大人げないと思われるのはいやだったから要求しなかった。悔しかったのは、そのあとの少年や良幸や、ほかの子供たちの表情だ。揃って、憐れむ顔で俺を見た。少年は得意げな顔もせず、むしろ気まずそうにしていたし、良幸にいたっては「わかってくれた？」と言いやがった。「大丈夫か？」と繰り返しもした。

もちろん俺がばかだったのだ。あんなところで自分の運を試そうとしたなんて。そもそも二度も訪れたのが間違いだった。あいつらには俺が何を考えてあそこへ行ったのかなどわかりはしないのだ。あいつらは凜子のことを、凜子のような女性がこの世に存在することを知らないのだから。

バスが駅に着き、揃いのリュックの子供たちがひとりずつこちらを振り返りながら降りていくと、航大は自分がひどく疲れていることを感じた。バスに乗っている間ずっと自分に言い聞かせていたことが、すべて裏返しになってしまうような疲れだった。

*

こんにちは。

毎日寒いですね。といっても、東京はこっちよりも全然あったかいんだろうなと思っているけど。雪がないだけでもいいよね。雪はもう見あきました。

東京出張、流れてしまった。東京の仕事は、ちょっとしたトラブルが起きて、後始末に俺が出ていかなきゃならなくなって。言ってしまえば無理くり作ったわけで、優先順位が下になった。出張とは関係なく、個人的にそっちへ行こうという計画もあったんだけど、そういうわけで、忙しくなり、時間がとれそうもありません。

東京へ行ったからって、凜子さんと会えるわけじゃないけど。そういう約束だからね。ただ、近くにいることを感じたかった――俺も、凜子さんと同じ気持ちでした。こっちは田舎者だからね。東京の空気。俺は大手町とか銀座とか、都心部しか知らないから、今度の出張では時間を作って、下北沢のほうにも出かけてみるつもりでいました。凜子さんが暮らしている町を歩いてみたくて。

なんだかノンキな文面に思える？　また怒られるかな。あえてそうしてみました。本心は、動揺しています。「本気です」という一行。あれが、頭に刻み込まれている。あのときの便箋、うすいグリーンだったよね。あの色をバックにして、凜子さんの文字が、くり返し浮かんでくる。いや、浮かんでくるっていうか、いつもある。筆圧のかげんとか、一文字ずつのかたちとか、全部覚えてしまった。ああ、やっぱり怒られそうだな。どうでもいいことばかり書いてごまかしてるって。でも、ごまかしてるつもりはありません。むしろ逆です。

可能だと、答えてしまったことを後悔しています。でもあのときは、冗談だと思っていたから。冗談で、もしも、という仮定で答えた。現実的に、可能だと。俺の格闘家としての能力においての話だよ。ここには、精神面は含まれていない。いや、とすれば、可能とは言いきれないのかもしれない。格闘技において精神力は大きな意味を持つから。

なんだか混乱してきた。こういうことを手紙だけでやりとりするのは無理があると思う。やっぱり、会いたい。でもだめなんだよね。危険だというのは俺にもわかる。でも、会おうとしないということは、本気じゃないってことなのかなとも思っている。どう？　これは、本気になってほしいという意味じゃないよ。ただ、俺たちには実際のところ、会える日は来るのか。そのことは考えざるを得ません。

もうすぐバレンタインだね。昨日、たまたまテレビをつけたら、東京のデパートの、チョコレート売り場が映っていました。サングラスをかけた女の人が画面を横切ったから、もしかして凛子さんじゃないかと思って、そのあとずっとみていた。一瞬のことだったし、凛子さんのはずもないと思うけど。でも、顔の腫れは、もう引いてる頃だよね。どうか新しい傷が増えていませんように！　ああ、こんなことを願わなきゃならないなんて異常だ！　異常だ！

この手紙が届くのは二十五日の便になるから、バレンタインはもう終わってるし、チョコレートも同封できないけど、愛を込めて。これは本気です、わかってると思うけど。

2月12日　クモオ

＊

つめたい曇り。

冷え切った綿に押し包まれているようで、うまく動けない日です。体は、ずいぶんよくなったけれど。肋骨は幸い折れてなかったみたい。息をしても痛くないから。顔もずいぶんマシになって、サングラスがなくても外出できるようになりました。

快復したってまた同じことが起きるのに、どうして快復するのかしらね。自分の体のしぶとさと浅ましさにときどきうんざりします。

今、笑った？　何を今さら……と思ったでしょうね。私が浅ましいことなんか、とっくにわかっているって。生き延びようとしているからこそ、こうしてあなたに手紙を書いているんですものね。でも、本気で生き延びたいと思うようになったのは、クモオさんを知ってからのことです。あなたはいつも私の「本気」を疑うけど、これはどう？

今日はまわりくどいことは書きたくないの。だから、書かなければならないことだけを書きます。同封した写真、どうか捨てないで。二枚あるので顔は覚えられると思います。身長は百八十センチに少し足りないくらい。痩せ形ですが、なよなよした雰囲気はありません。鞭みたいな感じといったらいいかしら。

帰宅時間も、何時にどこにいるかも、毎日まちまちです。ただ、毎月二十九日に定例会があるの。「さぶろう会」といって、「さぶろう」という居酒屋に、同業者七、八人で集まります。もともとは編集者だった三郎さんが、脱サラしてはじめた店で、少しでも売り上げに貢献しようという目的ではじまった会。気安い仲間ばかりだし、業界内の情報交換もできるから、彼は楽しみにしているの。

雨さえ降らなければ、「さぶろう」からうちまで、彼は歩いて帰ってきます。店を出るのは二時から三時の間。この二年間、それより早くなったことも遅くなったこともありません。同封の地図を見てください。印をつけたところを、彼は必ず通ります。店からここまでは十分くらい。後ろは公園で、周りのマンションの窓からその道は見えません。その時間、人通りはないはずです。

彼は弱い。以前にも書いたとおり、殴るのは得意でも、殴り合いは苦手なのよ（興味深い事実）。これも百パーセント確実ですが、そのうえその日、彼はひどく酔っぱらっています。だからクモオさんには、簡単なことではないかしら。むしろ危険は、終わったあとかもしれない。クモオさんが、どのくらい平静に、その場を離れることができるか。そこにかかっていると思います。移動手段、そのあと滞在するべき場所、金沢に戻るのはどのタイミングが賢明か。考えなければならないことはいくつもあるけど、その場を離れるということは、つまり、戻るという意味です。それまでのあなたに。そうして、私のところへ。

これが実現すれば、私たち、会えるのよ。

今、いったん手を止めて、この手紙を読み返してみました。おそろしいことを書いているのに、不思議なほど平静な気持ち。今日の便箋は空色だから、空色の織物でも見下ろしているような気持ちです。実際、これは、クモオさんを知って以来、私がずっと織ってきたタペストリーなのだと思います。私とクモオさんとで、と言い直したらあなたは当惑するかしら。

私からの次の手紙は、クモオさんのお返事を読んでから書きますね。どんなお返事が来るのか、こわい。だけど同時に待ち遠しくて、結局のところそれはいつものことなの。

最初から、ずっとそうだった。こわくて、ほしくて。「本気の」愛ってそういうものじゃない？

２月９日　凜子

＊

いやな感じの男だった。一瞥しただけでそれがわかった。ずるそうな目、小器用そうな体つき、無雑作に見せるために余分な金を払っているような出で立ち。

自室の机の上で、航大は写真を裏返した。もう見たくない。むろん顔を覚えたくもない。これから凜子のことを考えるとき、傍らにあいつの姿まであらわれてほしくない。

手紙は何度か読み返した。それでも、いつもよりは早く折りたたんだ。写真、地図とともに封筒に戻す。

どうかしている。

何か毒のような、刃物のような、触れてはならないものとして封筒を凝視しながら、航大は思う。写真、地図、あからさまな殺人教唆《きょうさ》。実行の日にちまで特定してある。チャンスはその日しかないから、万障繰り合わせて上京しろということだろうか。エリートサラリーマンで、超多忙なクモオに！

もうやめよう。

その思いは突然航大を捉えた。

　とてもついていけない。これまでは「死んでほしい」とか「殺せる？」とか彼女が書いてきても、どこか言葉の上だけのゲームみたいな気分があった。互いの「本気」を試すゲーム。すくなくとも、そう考えることはできた。しかし今回は違う。地図は写真同様すぐに視界から遠ざけたが、地図上に凜子が記した赤い線が瞼の裏に焼きついている。

「さぶろう会」とやらの日の、彼女の夫の帰り道。まるで血の跡だ。いや、こんなふうに私の夫の血を流せと求めているのだ。一度も会ったことのないクモオに向かって。

　どうしてクモオが引き受けるなどと思えるのか。これは交換条件だからだ。〝これが実現すれば、私たち、会えるのよ〟私に会いたいならば殺しなさいと言っているのだ。殺さなければ、ふたりの関係に先はないと。それにしても凜子は、クモオの自己申告のプロフィールを本当に信じきっているのか。クモオの空手で人が殺せると、本当に思っているのか。

　文通をやめよう。「綴り人の会」を脱会しよう。凜子のことは忘れよう。

　どうということもないはずだ、と航大は考えてみる。もともと何の関係もない、かかわる理由もない女性だったのだから。彼女が本当の俺を知らないのと同様に、彼女が書いてきたことのすべてが真実なのかどうかたしかめるすべもない、本名さえ知らない相手なのだから。疑おうと思えば、〝彼女〟であるかすら疑い得るのだから。薄っぺらい便箋と、か細い文字だけで繋がっている関係。それがなくなったからどうだというんだ。手紙が来なくなり、手紙を出さなくなっても、元の自分に戻るだけだ。

航大は封筒をくしゃりとまるめた。ゴミ箱に捨てようとして思いとどまり、これまでの手紙を収めてある抽斗の、奥のほうへ突っ込んだ。手紙はいずれまとめて処分しよう。それで終わりだ。

ふわりふわりと日が過ぎていく。

父親とともに家に戻ってくると、出迎えた母親が「今夜はすき焼きよ」と微笑み、航大はどうしようもなくうんざりさせられる。父親に至っては「肉か」と溜息を吐く。しかしすでに夕食の準備は万端整っているから、否応《いやおう》なく家族三人ですき焼き鍋を囲むことになる。

いつものようにテレビのニュース番組を点《つ》けっぱなしにして、たいしたことは喋らない。今日、航大は父親とともに金沢まで行き、彼の高校時代の友人である男と会ってきた。母親がその話を聞きたがっているのはあきらかだが、父親は何も言わない。このまま夕食が終わってくれればいいと思いながら、航大は、あまり旨《うま》いとも感じない肉を急いで腹に詰め込む。しかし結局、「航大……」と父親は言う。

「もうちょっと、はきはき答えたらどうなんだ」

「はきはき答えたよ」

航大は薄く笑い返す。まるでさっきの続きだと思う。喫茶店で三十分ほど喋っただけだが、「第一次面接だと思っておけよ」と事前に父親から言われていた。父親より少しだけぱりっとした様子の声が大きな男は、航大にというよりほとんど父親に向けて、自分の現在の仕事ぶりをアピールしていたが、合間に申し訳のように「いや、若いね」「いいなあ、若くて」を連発していた。そもそもこちらへの質問などほとんどなかったのだ。薄く笑っているほかにどうすればよかったのか。

「答えるだけじゃなくて、自分から積極的に質問もしないと」

「質問するひまなかったじゃん。ずっとあのひとが喋ってて」

「おまえがぼんやりしてるから、気を遣ってくれてたんじゃないか。もっと、関心がある態度を見せないと……」

関心はないんだよ、と航大は心の中で言う。父親にとっては彼は成功者なのだろうが、彼のようになりたいとはまるで思えない。それに結局のところ彼は、父親のごく狭い視界の中に存在する、父親の短くて臆病な手でも触れられる程度の人間にすぎない。

「だめだったんですか、坂井《さかい》さんのところ」

たまりかねたように母親が口を挟む。

「いや、人事の担当者に口を利いてくれるとは言っていた。しかし通常に応募するのと比べてどのくらい有利になるかは、彼の今日の印象も影響するだろうし」

「航大はオタクなのよね。そういう子の良さっていうのは、今は昔よりわかってもらえるんじゃないかしら」

思いもかけないことを母親は言い出す。オタク？　とおうむ返しにする父親と航大の声が揃ってしまう。

「だから、悪い意味じゃないのよ？　スポーツとかボランティアとか、わかりやすいものじゃなくても、何かに熱中できるっていうのはいいことでしょう？　そこをアピールしてみたらどうかしら」

「いや、だから、何をアピールするわけ？　俺って何に熱中してるの？」

苛々しながら航大は聞く。どうして母親にこんな質問をしなければならないのか。

「何かは知らないけど……何か、あるんでしょう？　だっていつも……」

その先を母親は言わない。しかし航大にはわかる気がする。だっていつも……部屋に閉じこもっているし。だっていつも……何かここにないもののことを考えているみたいだし。だっていつも……デートや飲み会に行くでもないし。この頃は友だちもいないみたいだし。何か他人にはわからない、自分だけの世界を持っているからでしょう？

「まあ、今どきの若者だってことは、向こうもわかっただろう」

母親をもてあましたように父親が言った。

「次からはせめて顔を上げるようにしなさい」

航大は器に残った卵を飯にざぶりとかけてかっこんだ。ごちそうさま。立ち上がり、ふと思い出したというふうに母親を見た。

「今日、俺宛てに郵便来てなかった？」

「今日はなかったみたいだけど……」

採用通知のことだと思ったのだろう、母親は申し訳なさそうに答えた。航大は頷き、内心の動揺を悟られぬように、急いで部屋へ向かった。

今日は三月五日、「綴り人の会」の転送日だった。金沢の喫茶店で俯《うつむ》き、ときどき薄笑いを浮かべているときから、そのことはずっと頭の中にあった。

だがやはり、凜子からの手紙は来なかった。「次の手紙は、クモオさんのお返事を読んでから……」と前回の手紙にあった言葉を守ったわけだ。そして航大も、決心した通りに、今回、凜子への手紙は書かなかった。そのことを凜子はどう思うだろう。俺たちは、これからどうなるのだろう。

雲の中で呼吸しているような感触がずっと続いている。

凜子からの手紙が来なかった三月五日以来、雲はどんどん厚さを増していくようだ。何をしても、何に触れても、何を見ても、現実感がない。たとえば航大は今、駅構内のトイレの鏡に映る自分を見ている。スーツ姿。これから先日会った男の口利きで、べつの男に会いに行くところだ。

わりと似合っている、と思う。今日はうまくいきそうな気もする。俯かず、顔を上げて、薄笑いではなく若者らしい白い歯を見せて笑うのだ。サークル活動のこと、この一ヶ月で何冊か斜め読みした本のことを、さも面白そうに、熱中したように話すのだ。

行ってこいよ、と航大は思う。鏡の中の自分が他人のように感じられるのだ。それで、長い間その場に突っ立っている。他人の自分と本当の自分が一致するまで。しかしむしろ分離の距離がどんどん開いていきながら、時間だけが経っていく。早く行け、と航大は鏡の中の自分に言う。すでに乗車予定だった列車の発車時刻は過ぎてしまった。次の列車に乗らないと約束の時間には間に合わない。個室から出てきた男——もうひとりの分身みたいな、同じ年頃のスーツ姿——が不審そうに見るので、航大はトイレを出る。そしてそのまま駅も出て、駐輪場から自転車を出して跨がる。

目指すのは家だ。いや、家の前の郵便ポストだ。今日は三月二十五日、「綴り人の会」のこの月二回目の転送日だ。今回も、凜子への手紙を書かなかった。凜子も気づいただろう。自分が試みている駆け引きを、クモオだってやろうと思えばできるのだといううことに。だから今日は、手紙が来ている筈《はず》。来ていたら、俺は返事を書くだろう。やさしく、余裕のある文面で、夫を殺すなどというばかげた考えから凜子を遠ざけようとするだろう。だが、もし今日も来ていなかったら？

俺はどうするだろう。どうすればいいだろう？

第二部

1

久しぶり。

俺は今、東京行きの夜行バスの中でこれを書いています。

そう……新幹線じゃないんだ。なんでかって？　金がないから。親に黙って出てきたから金をもらえなかったし、二泊するから節約しなくちゃならない。貯金をあるだけおろしてきたけど。

びっくりしてる？　金がないとか親にもらえなかったとか。三十五歳のエリートサラリーマンが言うことじゃないよね。でも、しかたがない。だって俺は三十五歳のエリートサラリーマンじゃないから。

俺は二十一歳、三流大学の三回生。金沢じゃなくて魚津に住んでる。空手は中学でやめてしまった。まだ就職先も決まってない。そもそも就職活動というものを、ほとんどやってない。それが真実。ここまで嘘を吐きまくってると、「真実」なんて書いても意味がないような気がしてくるけど。どう？　目が点？　この時点で、便箋（といってもノートの切れ端だけどね）がビリビリ破かれてるかもしれないね。

破かれていない場合は、凜子さんはくすくす笑っているかな。クモオがまたおかしな冗談を書いてきたって（あ、笑ってないかもしれないね、いつものようにノンキすぎるって、やっぱり怒ってるかもしれないね）。でなければ、眉を寄せている？　もしかしたら怯えている？　どうして突然カミングアウトしたんだろうって。そして、正体を明かしたうえで、どうして今、何のために東京に向かってるんだろうって。

俺が東京へ向かってるのは、貴女の夫を殺すためだよ。

そして貴女に会うためだよ。

たしかに俺は貴女に嘘を吐いていたけど、年齢とか職業とか、外側なんてどうでもいい。貴女との文通で俺が綴った俺の心、俺という男の本質は、真実にほかならなかったのだと、証明するためだよ。

そのためにあの気障《きざ》な、見るからに卑怯そうな男をぶっ殺

*

「何書いてんの？」

隣席の男に声をかけられ、航大はぎょっとしてノートを閉じた。

まさにクモオと同じ三十五歳くらいのサラリーマンふうの男で、バスが走り出すなり眠りこけていたので、すっかりいないものとして油断し、航大はペンを走らせていたのだった。

「ごめん、よけいなお世話だよね。えらく真剣に書いてるから、気になっちゃってさ」

航大がむっつりしていると、男はそれまでの穏やかな表情をさっと陰らせて、

「ていうか、肘があたるんだよね、俺に」

と低い声で続けた。あ、すみません。航大がぼそぼそと謝ると、チッと舌打ちをしてそっぽを向いた。

腹の底からふつふつと沸きあがってくる怒りを航大は感じた。なぜ謝ってしまうんだ、と自分に言う。下手に出るから舐められるのだ。これまでの人生、ずっとそうだったような気がする。ずっと下手に出ていた。両親にも、友人たちにも、沙織にも。小学校でも中学校でも高校でも大学でも、空手教室でも就職活動でも。それで、本当の自分よりもいつでも低く見られて、自分でもその程度だと思っていた。だが違う。本当は違う。

再び目を閉じた隣の男の顔面に、いきなり正拳突《せいけんづ》きを見舞ってやったらどうなるだろう、と空想する。鼻血が吹き出し、歯が折れたら、こいつはどんな声を上げるだろうか。

きっとさっきの舌打ちを後悔しながら縮こまっているだけだろうが、まんいち向かってきたとしても、叩きのめしてやる。今の俺ならそれができる。やらないのは、ここで騒ぎを起こしたら肝心のことをするのに支障が出るからだ。そのあとのことを考えれば、目立つのもまずい。

時計を見ると午前六時過ぎだった。辺りはまだ薄暗いが、東京へ着く頃には日が昇っているだろう。

午前七時過ぎにバスは新宿に着き、駅近くの漫画喫茶の個室で、航大は二時間ほど時間を潰した。バスの中でほとんど寝ていないにもかかわらず、一睡もしないままそこを出て、代々木八幡《よよぎはちまん》駅に着いたのは午前十時前だった。

凜子から送られてきた地図――一度破棄しようとしたそれは、握りつぶしたときの細かい皺《しわ》で覆われている――を辿《たど》って、まずは居酒屋「さぶろう」を探す。この時間まで待ったのは、早朝に地図を見て歩いている姿は目立つだろうと考えたからだった。駅へ向かってくる人たちも、駅から歩き出す人たちも、人通りはそこそこで、その中に紛れるようにして航大は歩き、間もなく店が見つかったが、立ち止まらずに、凜子の夫の帰り道のほうへ歩き続けた。

彼の写真をはじめて見たときのように、店の外観を一瞥しただけで憎しみと敵意が募ってくることが不思議だった。凜子の夫が月に一度やってくる場所。彼と一緒に笑い、ばか話に興じ酔っ払う男たち。その片隅で硬い笑顔を顔に貼りつけている凜子。そのあとに予定されている暴力。店内に入ったわけでもなく、もちろん凜子の家の中など知るはずもないのに、光景がありありと、生々しく浮かんでくる。今すぐ引き返して火でもつけたいくらいだ。

間もなく、手紙に書いてあった通り、マンション群の反対側に、都会にしては広々とした公園があらわれる。この時間、車の往来は少なくなく、通行人の姿もあるので、あまりきょろきょろはできない。友人が書いてくれた地図がわかりづらく道に迷ってしまった、という体《てい》で、航大は公園内に入り、奥まった木陰のベンチに腰を下ろした。「実行」するときにはここに潜んで、凜子の夫が来るのを待つ、ということになるだろう。夜にもう一度来て状況を確認したほうがいいだろう。

しばらくしてから公園を出て、地図上の赤い線に従ってさらに歩いた。線は大通りと交差するところで途切れていた。実行はこの線上で。そういうことだ。この先には凜子の家があるはずだが、そこまでの道は示されていない。ここから先で最寄り駅が下北沢なのだから、範囲は限定されるが、本名がわからないのだから探しようがない。

殺す場所は教えても、自分の居場所はまだ明かすつもりがないのだ。明かすのは、殺してから。そういうことだ。これもまた駆け引きなのだろう。餌をちらつかせて、俺を思い通りに動かそうとしている。たいした女だ。女神のように思っていた凜子に対して、今はそんな感慨が浮かぶ。しかしそのことと、なんとしてでも凜子に会いたいという気持ちは矛盾しない。

結局、それからの数時間を、航大は下北沢の住宅街をうろつくことで費やした。いかにも凜子が住んでいそうな家を探し、彼女からもらったぼんやりしたスナップの面差しに似た女があらわれるのを待った。しかしもちろん、何の収穫もなかった。手がかりはあまりにも少ない。というか、具体的な手がかりなど自分は何ひとつ持っていないのだということにあらためて航大は気づいた。

自分が——自分だけがたしかに摑んでいるとこれまでは思っていた凜子のイメージすら、現実の家並みの前で弱々しく霞《かす》んでいく。凜子と同じ年頃の女が通りかかるたびに、ポケットの中の凜子の写真はいっそうピントがずれたものになっていく。会うしかない、という思いに航大はそれまで以上の強さと鋭さで貫かれる。会わないと俺の中の凜子が消えてしまう。俺には何もなくなってしまう。

*

下北沢の漫画喫茶でこれを書いています。

そう、凜子さんの家がある街にいるんだ。貴女が嘘を吐いてなければの話だけど。凜子さんが今眠っているベッドまで、距離にしてどのくらいあるのかな。いずれにしても、魚津からよりはずっと近いね。

ビジネスホテルに泊まらないで漫喫にいるのは、節約のためというよりは用心のため。漫喫は、泊まるのに住所氏名を書く必要もないし、フロントの人に顔を覚えられる危険も少ないからね。

今日は一日準備していた。歩いて、調べて、買い物もした。必要なものを一カ所で揃えるのは危険だから、渋谷へ行ったり、新宿へ行ったり、慣れない東京をあちこちさまよいました。明日の日中は予備にして、夜、俺がやることについて、手順や方法やそのあとのことなんかを、今計画しているとおりで本当にいけるのか、あらためてじっくり考えるつもりです。

すっかりやる気になっている俺(笑)。

じつは今日、準備だけじゃなくて、下北沢の住宅街で、貴女の家を探すこともしました。もしも偶然凜子さんに会えたら、会ったこともない男を殺す必要もなくなると思って。でも、会えなかったね、残念。それに東京の住宅街って家が多いんだね(笑)。

それで、そのとき思いついたんだ。明日の夜、襲いかかる必要はないんじゃないかって。ただ公園に身を潜めて、目的の男が通りかかったら、その後をつけていくだけでいいんじゃないかって。そうしたら、凜子さんの家がわかる。そのときはそのまま漫喫に戻って、翌日、彼がいない時間に訪ねればいい。そうすれば凜子さんに会えるじゃないかって。あ、今、動揺してるでしょう。もしかして、そのことに気がついてなかった？　大丈夫、現時点で九十八パーセント、尾行を選択するつもりはないから。だってそんなことをして貴女に会っても、受け入れてもらえないのはわかっているから。俺がなりたいのはストーカーじゃないから。

貴女の夫を殺さなければ、俺には価値はないんだよね。いいんだよ、言い訳しなくて。わかってる。それにこれは俺自身の認識でもあるんだ。殺さないと、価値はない。俺の存在は意味がない。凜子さんにとってだけじゃなく、この世界の中で。

もう寝ます。眠れそうもないけど、少しでも体を休めておかないと。明日はタフな一日になるからね。終わったら、また手紙を書きます。魚津を離れてから書いた手紙は、いつ送れるかわからないけど。

でも手紙は書くよ。書きたいんだ。

３月28日　クモオ

2

それまでいた漫画喫茶を航大は午後十時過ぎに出て、同じ下北沢内のべつの漫画喫茶に入店した。そこを出たのは日付が変わった午前一時半だった。公園までは歩いていく。凛子の夫が「さぶろう」を出るのが午前二時から三時の間だとすると、時間的にはあまり余裕がないが、公園内に長時間潜んでいれば、不審者として目撃される可能性も大きくなるだろう。

公園に着くと、周囲に人がいないのを確かめてから、トイレに向かった。個室に入って鍵をかけ、リュックの中から、昨日の昼間、都内のあちこちで買い集めたものをいくつか取り出した。目出し帽、軍手、そして三十センチ寸のモンキーレンチ。軍手をはめ、目出し帽はいったん被ってから、ネックウォーマーのように首元まで下げておく。レンチはナイロンジャケット――これも「実行」用にこちらで購入したものだ――の右袖の中に隠し、必要なときにすぐ取り出して握れるように、何度か練習する。その間、トイレを使いに入ってくる者はおらず、安全に事が運べそうだ、という思いを強くする。

二十分近く経ってから、トイレを出た。ベンチに座る。トイレのそばにある街灯の光は、ベンチまでは届かない。誰かが道を通りかかっても俺の姿は見えないだろう。逆にここから通りはよく見える。歩道は公園に沿っているから、角を曲がってくる前から見えるだろう。見えたら立ち上がり、目指す相手かどうかたしかめにいけばいい。

思いつくかぎりの可能性、細部について、脳内で幾度もシミュレーションしてみる一方で、現実感は希薄だった。まるでパソコンでゲームをしているような感じだ。薄い笑いさえ浮かんでくる——深夜バスで東京に来て、従業員の印象に残ることを恐れて漫画喫茶を転々とし、臭いトイレで時間を潰し、今は暗がりに潜んでいる自分。軍手ばかりか目出し帽まで装着し、モンキーレンチを隠し持っている自分。まるで冗談みたいだ。

すでに半ば冗談のつもりもあるのかもしれない。今は午前二時二十二分。凛子の夫は俺がトイレに籠っている間に、通り過ぎたのかもしれない。むしろそうなることを望んで、自分が必要以上に長い間トイレから出なかったことにも気づいていた。今頃男は、家に帰り着いているかもしれない。酔いに任せて凛子を抱こうとしているかもしれない。あるいは凛子はまた殴られているのかもしれないし、あるいはレイプまがいに、殴られた挙げ句無理やり突っ込まれているのかもしれない。俺は阿呆《あほう》みたいにここであと一時間ほど待って、あーあ来なかったな、せっかく準備したのに残念だな、と呟きながら、とぼとぼと来た道を戻って、今度は店員に顔を覚えられる心配をすることなしに、漫喫に入って朝まで眠り、バスに乗って魚津へ戻るのだろう。

それなら何も一時間待つ必要もないんじゃないか、という考えが浮かんできて、腰を浮かせかけたときだった。口笛が聞こえてきた。凛子の夫だと直感した。——いや、ただ出ていきたかっただけだったのかもしれない。凛子の夫ではないことをたしかめて、さっさと帰りたかったのかもしれない。しかしそれは目的の男だった。間違えようもなかった。写真で見たとおりの、ひょろりと痩せた、気障な銀縁眼鏡の、卑怯そうな、キツネのような顔つきの男。確信した瞬間、冗談だという気分は跡形もなく消えて、もう逃げられない——男というより自分自身が——と感じた。

航大は目出し帽を引き上げ、公園から通りへ近づいた。凛子が保証していた通りに、男は酔っていた。トレンチコートのポケットに両手を入れて、僅かに左右に揺れながら歩いてきた。行く手をふさぐようにあらわれた航大を見て、口笛が止まった。

「凛子さんのダンナだよな？」

思わず口をついて出た。男は首を振る。見ひらかれた目に早くも恐怖が滲んでいる。航大もまた怯えていたが、これから起こることを知っているぶんだけ優位だと思った。

「凛子さんは俺のものだ」

そう口に出すとさらに気持ちが強くなった。男はポケットから手を出して顔の前でひらひらと振る。人違いだ、と言いたいのだろう。だが違わないことは、航大にはわかっている。俺をごまかすことはできないぞと思う。憎しみが溢れ出してきて、それは男に対するものだけではないようだったが、コーティングされて無敵になったように感じる。

男はくるりと背中を向けた。それが合図になった。おそらく酔っているせい、そして事態を把握しきっていないせいで、男の動きは鈍かった。男が駆け出すより早く、航大はモンキーレンチを袖の中から取り出して、右手でしっかり掴んでいた。大きく一歩踏み出して、振りかぶり、男の頭めがけて振り下ろした。

一瞬、男の姿が、少年に変わった。道着を着た小生意気なガキだ。小狡《こずる》い手で俺を負かしたつもりになって、得意げに鼻の穴を膨らませていたあのガキ。どうだ。もうあんな顔はできないはずだ。俺が本気を出せばおまえなんか相手にもならない。それから男の姿は、父親の友人になった。喫茶店で航大を面接したあの男だ。若いってそれだけで財産だよね、なんでもできるよね、まったく、君の年齢に戻れるなら何を捨ててもいいよと、わかったような顔でぺらぺら喋っていた、あの男。嘘つきめ。俺を見下していたくせに。こいつには何ひとつできないと思っていたくせに。それから男は沙織になり、サークルのメンバーたちになった。見ろ。俺はやってる。おまえらにできないことをやってる。これが俺なんだ。俺の実力だ。

鈍い音がして、レンチが肉にめり込む感触が手に伝わってきた。うわっ、という声を発して男は膝からくずおれた。男は両手で頭をかばっている。その手の上に、さらにレンチをふるった。力は初回ほどは入らなかった。さっきの肉の感触が気持ち悪かったのだ。だが気がつくと、男は地面に倒れ伏していた。つま先でそっと脇腹をつついてみたが、呻き声も上げず、身動きもしない。死んだ。死んでしまった。俺が殺した。

レンチを握っていた軍手は血にまみれ、染み込んだ血で手が濡れていた。航大は唾を飲み込んだ。その唾が喉から腹へと落ちていくのを感じた。まるで刺激性の液体を飲み込んだように体の中がじんじんした。吐き気が込み上げてきて、急いでその場を離れトイレに駆け込んだ。

さっきと同じように個室にこもり、吐いている間に少し落ち着いてきた。ナイロンジャケットの袖口、それに胸元も血で汚れていることに気づく。ジャケットを脱ぎ、モンキーレンチと軍手と目出し帽をくるみ込んでまるめる。それを持って個室を出、手を洗い、トイレを出た。リュックはベンチの下に隠してあり、中には東京へ着てきたパーカが入っていた。パーカを羽織り、まるめたジャケットをリュックに押し込むと、倒れている男のほうは見ずに航大は歩き出した。まだ心臓は脈打っていたし、足も少し震えていたが、離れていくのではなく近づいていく感覚があった。凜子に向かって歩いているのだと思った。

*

凜子さん

終わりました。貴女へ報《しら》せが届くのは、明日の朝になるかな。もう少し早く誰かが見つけるのかな。

うまく対処してくれることを願っています。あまり心配はしてないけど。俺を信じてくれているなら、心構えはできているはずだよね。

意外と簡単なことだった。ずいぶんたくさん血が流れたけど、俺はたいして汚れなかった。使ったものは魚津に帰ったら処分するつもり。大丈夫、うまくやるよ。俺にあんなことができるなんて、世界中の誰ひとり思ってないから。俺にそれができることを知ってるのは凜子さんだけだから。

そういえば、もう本名教えてもらえるよね。

俺は航大。森航大。クモオよりもいけてる名前だろ？　俳優みたいな名前だねって、よく言われるよ。俳優にはちっとも見えないけどねって、暗に言われてるってことだけど。

クモオは、スパイダーマンからのインスパイア。どうしてスパイダーマンだったのかは、もう忘れちゃったけど。正義の味方、ヒーローになりたかったのかもね。だとすれば、先見の明（？）があったのかも。だって俺は今、まさに正義の味方、ヒーローだからさ。悪者をやっつけて、ヒロインを救い出したんだからさ。違う？　ヒーローは、今、漫喫にいるよ（笑）。

さすがに疲れたから、もう寝ます。目が覚めたら、いったん魚津に戻る。あまり長い間家を空けてると、親に怪しまれるからね。実家暮らしのヒーローだから（笑）。

次に東京へ来るのは、クモオあらため森航大　貴女に会うときだよね。

3月30日　クモオあらため　森航大

*

「夜分に申し訳ありません」

電話の声は名乗ったあと、まずそう言った。あとになって思ったことだが、用件からすればずいぶんおかしな物言いだった。

「小林《こばやし》真哉さんのお宅で間違いないですか？」

はい。柚は答えた。早くも声が震えそうになっていた。

「失礼ですが、奥様でいらっしゃいますか？」

はい。

「ご主人は今、お宅にいらっしゃいますか？」

いいえ。

「小林真哉さんが事件に巻き込まれた可能性があります。通報があり、路上で倒れている男性が見つかりました。社員証などから、ご主人だと思われます」

柚は黙っていた。これは質問ではなく報告であり、さらに続きがあるのだろうと思ったからだ。しかし相手は気遣わしげに「奥さん？」と言った。

「大丈夫ですか、奥さん？」

はい。

「真哉さんは今、……病院に収容されています。これからすぐに来られますか」

はい。

柚はタクシーを呼んだ。車に乗り込んだのは午前五時少し前だった。行き先として病院の名前を告げると、運転手がバックミラーで客の顔をよく見ようとするのがわかった。しかしそれだけで、余計なことを聞かれなかったので助かった。一度だけ、「寒いですか？」と聞かれた。「ええ」と柚は答えた。震えが止まらなかったからだ。

電話で言われた通り、緊急時用の入口のほうで降りると、そこには背の高い背広姿の男が待っていた。小林真哉の妻であることをあらためて確認されてから、男とともにエレベーターに乗り込んだ。エレベーターが上がっていくのか下がっていくのか、柚にはよくわからなかった。どこかの階で止まり、降りるように促されて、長い廊下を歩いていった。

「何か、心当たりはありますか」

沈黙を破るために探し当てた話題がそれだった、というふうに男は言った。

「……その、ご主人に恨みを持っている人がいたか、という意味です」

柚は首を振った。偽っている自覚はなくて、ごく自然に首が動いた。クモオは、真哉を恨んでなどいなかっただろう。恨んでいる人間がいたとしたらそれは自分だ。

そう考えている一方で、真哉を襲ったのがクモオであるとはかぎらない、という考えを破棄できずにいた。たまたま自分が夫殺しの計画をクモオに書いて送ったときに、通り魔か強盗が真哉を襲ったのだ、と。

待合室のようなスペースまで来ると、ここで待っているように男に言われた。間もなく男は、医者と思われる白衣の男を伴って戻ってきた。

白衣の男が話し出すまでに、少し間があった。これもあとから思い当たったことだが、おそらく医者は、柚のほうから質問されることを待っていたのだった。柚が何も聞かなかったのは、真哉が死んでいることを疑っていなかったからだった。刑事が黙っているのも、医者がなかなか話し出さないのも、真哉が死んでいるせいだと決め込んでいた。

＊

凜子さん

疲れているのにさっぱり眠れないので、また手紙を書いています。

今は三月三十日の午前五時。凜子さんはどうしているだろう。もうあの男と対面した？　こういう場合、彼はまずどこへ運ばれるんだろう？　病院かな？　霊安室？　いずれにしても、凜子さんが確認することになるよね。どんな気分になるものだろう？

まあ、いい気分ではないよね。死体を見るんだから。それに暗くてよくわからなかったけど、ひどい有様に違いないから。五回くらい殴ったと思う。いや十回かな？　ちょっと記憶が飛んでいる。さすがに平静とはいかなかったよ。人を殺したのははじめてだからね。

そう。人を殺したんだよな俺は。

なんかすごいね。すごいことだね。まさか自分が、殺すヒトになるとは思わなかった。どっちかといえば殺されるヒトだと思ってた。意味もなく、通り魔とかにさ。

そういえばあの男は、俺のことを通り魔だと思ったかもしれない。自分が殺される理由なんてわからなかっただろうな。じつは俺、つい凜子さんの名前を口走っちゃったんだけど、あいつには通じてないだろうし。あ、それとももしかして通じてた？　もしかして凜子は本名？　やばかった？　いやそれはないな。全力で関係を否定してたし。どっちにしろ、死んじまえばどうすることもできないし。

いや、どうなんだろう。

あの男に知ってほしかったような気もする。俺が凜子さんの使者であること。凜子さんに頼まれて、あんたを殺しに来たんだよと。あんたを殴っているのは俺だけじゃない、あんたの奥さんでもあるんだと。ね、そうだよね？　あんたを殺して、俺があんたのかわりになる、それはあんたの奥さんが望んだことだと。そうだよね？

そうだ、俺は今日、入れ替わったんだ。殺されるヒトから殺すヒトへ。もちろんこれは比喩だよ。結局、人間はこのふたつのタイプに分かれるんじゃないのか。やられるやつと、やるやつ。奪われるやつ、奪うやつ。もっと簡単に言えば、弱いやつと強いやつ。俺も凜子さんも、今までは弱かった。それで、やつらからいいようにされていたんだ。でもこれからは違う。そうだ、あれは入れ替わりの儀式だったんだ。凜子さんが今、あの男の死体を見下ろしているのだとすれば、それも儀式の一部なんだ。俺たちが生まれ変わるための。

３月30日　ＡＭ５：28

もうすぐ昼になる。まだ漫喫。フリードリンクばかり飲んでいる。腹が減ってるんだけど、何か食べようという気にならない。誰とも口をききたくない。あるいは逆に、店中の人間、店員や客に、数時間前に俺が何をやったかを詳しく教えたいようでもある。へたに動くと何か取り返しがつかないことをしてしまいそうで（つーか、取り返しのつかないこと、もうやってきたわけだけど）、ほとんど動けない。ドリンクを取りに行くときも、下を向いて歩いている。もしも誰かに話しかけられたら、叫びだしてしまいそうだ。いや、大丈夫。落ち着け。寝てないせいだ。少し寝なくては。バスに乗るにしても、こんな精神状態じゃやばい。

バレる可能性。

かぎりなくゼロに近い。

公園を離れてから漫喫へ入るまで、誰にも見られなかったのだから。いや、車とはすれ違ったし、漫喫の周囲は深夜でも人通りがあったが、俺を目に留める人などいなかった。

証拠の問題。何も残してこなかった。靴を履き替えるのを忘れていたことに気づいたが、問題はないだろう。帰ったらほかのものと一緒に処分しよう。へたに燃やしたりするより、ふつうにゴミの日に出したほうがいい。東京と魚津。十分な距離だ。世田谷区の路上で頭を割られて死んだ男と、魚津の大学生を結びつけるものはなにもない。あるとすれば手紙だけだ。

でも、警察がそれを見つけることはないだろう。そもそも凜子が調べられる理由はない。夫から暴力を受けていたことは、もしかしたら疑われるかもしれない(彼女の顔や体のアザに誰かが気づくかもしれない)。だが、凜子に夫が殺せるとは誰も考えないだろう。凜子にひみつの恋人がいたことも、誰にもわからないだろう。

そうなのか?

凜子が落ち着いていれば大丈夫だ。通り魔に夫を殺された悲劇の妻としてうまくふるまってくれれば。

そうなのか?

凜子がバラす可能性。

ゼロ。百パーセントゼロ。その理由。これは彼女の意思だから。俺の未来は凛子の未来でもあるから。

そうなのか？

本当に？

３月30日　ＡＭ11：47

凛子さん

ようやくバスに乗りました。

おかしいと思われるかもしれないけど、さびしいよ。凛子さんから遠ざかっていくことを感じるから。

会いたいです。安全のために、しばらくは会えないだろうけど、手紙がほしい。もうずいぶん長い間、貴女からの手紙を読んでない気がします。次の転送日には、きっと手紙をくれるよね。マジで頼みたい。手紙が来なかったら、俺は自分がどうなるかわからない。

今、走ってるのはどのへんだろう。高速道路の上だけど、暗くてよくわからない。ミステリーゾーンにいるみたいな気分になる。なんで俺、今ここにいるんだろうって。六歳のとき、俺の将来の夢は「船長さん」だった。卒園記念の寄せ書きみたいなのに書いたのが残ってるんだ。船長さんが出てくる絵本を持ってたんだよね。遭難した人を助けて、船長さんが小さなコップでウイスキーを飲ませてあげる場面が好きだった。

小学校に上がってからは、「格闘家」だった。空手をはじめたから。中学のときには、もう言わなかった。格闘家のことだけじゃなく、「なりたいもの」のことを考えるのをやめた。なりたいと望めば、なりたいものになれると信じてたのは、いくつのときまでだったのかな。

俺はなんのために生まれてきたのかな。あるときから、ずっとそう思っていた。何者にもなれないまま、どこにも続いてない道を、のろのろと、首をすくめて歩いていく人生だと思っていた。

その俺が、今、こうなってる。

十年前の俺に、いや凜子さんを知る前の、一年前の俺でもいい、おまえの道はここに続いてるんだぞって教えてやりたいよ。いや、違うな。同じ道じゃない、違う道を歩き出したんだ、凜子さんを知って。

まさかの大どんでん返し。笑っちゃうね。せいぜいが父親と同じ程度の安月給のリーマンになるか、へたするとフリーターのまま結婚もできずに人生終えるのかもしれないと思ってたのに、殺人者になってるんだから。魚津のしょぼいコンビニで万引きで捕まるくらいは予想の範囲内だったけど、東京で人を殺してるよ、俺。いったいどうなっちまってるの。

後悔はしていない。

そうだよ、凜子さん、本当だよ、後悔なんかしていない。

今考えてるのは、貴女との新しい生活のことだ。

一緒に暮らせるのは、ずっとあとになるよね。少なくとも一年は待たないと。俺は、東京で待つよ。

下北沢のそばに、安い部屋を借りる。とりあえずはバイトで生計を立てる。空手にこだわるのはもうやめる。いいんだ、食っていければ、なんだって。俺は気がついたんだ。重要なのは、何をして生きていくかじゃなくて、何のために生きていくかなんだ。

俺は凜子さんのために生きる。

凜子さんの家の住所は知っておきたいけど、一年間は訪ねていったりしないから安心して。外で会うのもしばらくはがまんしよう。メールも電話も、用心したほうがいい。だから「綴り人の会」は、退会しないほうがいいと思うんだ。

一年間は、今まで通り、手紙でやり取りをしよう。もちろん、今度は本名で、真実だけを語り合って。今度こそ写真も送るよ。凜子さんも、また送ってください。

そうすれば一年間耐えられる。きっとあっという間だ。

そして一年経ったら、堂々と会おう。文通によって恋人同士になったふたりとして。

はじめて、俺は凜子さんに触れ、凜子さんは俺に触れる。どんなにすばらしいだろうね。はじめて会っても、俺たちはお互いのことがすっかりわかっている。そう、この世界の、どんな恋人たちよりも深く。

手紙を待っています。

3月31日　AM2：21　航大

*

航大が自宅に着いたのは夕方に近かった。

長距離バスを降りてから、金沢の漫画喫茶に再びこもっていたからだ。店に入る前にキヨスクで朝刊を買った。ブースの中ですみずみまで目を通し、そのあと店内のパソコンでもチェックしたが、東京都世田谷区での通り魔事件はまだニュースになっていなかった。

「航大なの？」

自分の鍵を使って家の中に入ると、バタバタと母親が出てきた。東京滞在中、一度家に電話を入れて、「サークルの連中としばらく合宿する」と伝えてあった。合宿？　今頃？　と訝《いぶか》しげに聞き返す母親に、「先輩が来てくれて、就活のアドバイスをしてくれる」と説明した。納得したとは思えなかったが、それ以上追及もされなかった。それが最近の、両親の航大に対する基本的態度になっている。つまり、俺は消えていこうとしているんだ、と航大は思う。父親と母親の前から。俺の意思でそうなるわけだが、あっちはあっちで、何かを察知して無意識に対応しているのかもしれない。

「電話があったわよ」

母親の次の言葉がそれだったので、航大は思わずぎょっと目をむいた。頭に浮かんだ可能性は警察だけだった。背中がかっと熱くなったような感じがした。そこにはリュックが触れていて、リュックの中には、血のついたナイロンジャケットと軍手と目出し帽とモンキーレンチがまだ入っている。

「坂井さんから、ついさっき。今、あんたの携帯にかけようかと思ってたところだったのよ。こちらから電話させますって言っておいたから」

坂井さん。航大は心の中で息を吐いた。この前会った――そして凛子の夫を殴るとき、妄想の中で同時に殴っていた――父親の友人だ。すっかり忘れていたが、彼の紹介で人に会う約束だったのをすっぽかしていた。あのあと、携帯に幾度か彼からの電話が入っていたのだが無視していたのだった。俺の携帯の番号は知っているのに、わざわざ自宅にかけてきたというのは、父親がまた何か画策したのかもしれない。うざってえ。どうでもいい。

わかった。電話するよ。今夜は飯はいらない、ちょっと寝るから。ああ、寝る前に電話する。母親がさらに何か言おうとするのを遮断するように早口でそれだけ言って、自室に入った。就職か、と我知らず口元を歪める。それはすでに別世界のことだった。父親の友人も、父親も母親もこの家もそうだ。凛子の夫にモンキーレンチを振り下ろした瞬間から、俺は、いや俺と凛子は、ふたりきりで別の惑星にいる。

実際に眠くてたまらなかったし、眠る前にはリュックの中身の処分についても考えなければならなかったが、電話の件はまず片付けておこうと思った。すっぽかしたことを謝罪して、就職はしないことにしたので今後はお気遣いなくと言えばいい。そのことで両親がガタガタ言ってくるだろうが、適当に流してあとは部屋に閉じこもっていればいい。息子は就活が思い通りにいかなくて、ヒキコモリになったと思わせておけばいいのだ。

そして両親の不安がマックスになった頃に、東京へ行くことを切り出せばいい。理由は適当に考えればいい。先輩の仕事を手伝うとか、バイトの当てがあるとか。両親は、信じるだろう。信じなくても、ヒキコモリよりはましだと考えて、アパートを借りる保証人になってくれるだろうし、ある程度の金も出してくれるだろう。彼らにとってはある種の厄介払いにもなるはずだ。

甘ったれた考えであることは百も承知だった。この計画は、ずいぶん前から頭にあった。しかしさすがに二十一歳の男として、この甘さはどうなんだと、計画を思いついたこと自体に自己嫌悪を感じていたのだった。今は感じない。べつの惑星にいるからだ。あのことをやり遂げたという事実が、絶対的な、万能のエクスキューズになっている。

航大は、父親の友人に電話をしなかった。リュックも押入れに突っ込んだだけで手を触れなかった。もう夕刊が届く頃だと気がついたからだ。

階下に降りてポストの新聞を取ると、もの問いたげな母親を無視して、再び部屋に閉じこもった。三面にその小さな記事を見つけたとき、はじめは偶然だと思った。偶然、よく似た事件が起きて、それが報じられているのだと。なぜならその記事の見出しは「天谷柚さんの夫、襲われ重傷」だったからだ。

3

タクシーが病棟入口に近づいたとき、そこに男がふたり立っているのが見えた。停まらないで。とっさに柚は、運転手に言った。

病棟を通り過ぎ、大学の敷地に入ったところで降りた。かなり歩くが、ここからなら職員用の渡り廊下を通って、べつの入口から病棟へ入ることができる。昨日、病院を出るときにも記者らしき男たちの姿があって、慌てて病室へとって返して、看護師から「裏道」のルートを教わったのだった。

記者がいるのは真哉が襲われたことが新聞に出たせいに違いなかった。それにしてもいったい誰が、襲われた男は作家の天谷柚の夫であることをマスコミに明かしたのだろう。そのうえどうして彼らは、真哉が収容された病院名まで知ることができたのだろう。新聞記事を見てびっくりして、すぐに刑事に電話をかけて、病院名は公表しないでくださいと頼んだのだが、それだけでは足りなかったのか。

——そう、もちろん足りなかったのだろう、と柚は思う。これまでそういうマスコミ対策は、すべて真哉に任せていたのだから。真哉なら、こういうとき苦もなくうまくやってのけるだろう。病院名はかぎられた関係者にしか知られないだろうし、事件が記事になることすらなかったかもしれない。でも、今回は彼にはどうすることもできなかった。妻に殺されかけて、ベッドに横たわっているのだから。

大きなサングラスと首元のスカーフで顔のほとんどを隠した姿をじろじろ見られることはあったが、記者には捕まらずに病棟へたどり着くことができた。エレベーターで病室がある五階まで上がり、ナースステーションで名前を告げる。昨日も一昨日もそうだったが、そのときいつも緊張がピークになる。看護師の表情がさっと変わり、真哉に何か異変が起きたことを告げられるのではないかと。昨日は顔を見るなり看護師が「あっ」と声を上げたから、柚は思わず口元を押さえたが、告げられたのは病室の変更だった。昨日から真哉は、集中治療室から一般用の個室に移されている。

今日、看護師は何も言わなかった。来院者名簿に自分の名前――用心のため「小林」という苗字《みようじ》だけ――を記入するとき、あ、と柚のほうが思った。今日が四月五日であり、「綴り人の会」の転送日であることに気がついたのだ。出てくるとき、マンションの集合ポストをあらためることはしなかった。転送日のことなど念頭になかったし、クモオのことさえまったく考えていなかった。真哉が襲われたことがわかってから今日までの間のある時点以降、クモオは意識の上から消えうせていたようだった。

奇妙というほかはない。こうして病院へ通っていることの、まさに（直接的な）原因となった男なのに。もう事は成されたから用済みだ、ということだろうか。それとも事は成されなかった（だって真哉は生きている）から、すべてなかったことにするために、自分の中で抹消しようとしているのだろうか。柚にはわからなかった。あるいはまた、事件が起きた瞬間に、柚はそれまでとはべつの、想像もしなかった世界に放り込まれて、その世界にはクモオは存在しない、ということなのかもしれなかった。

病室のドアはぴったり閉ざされていて、昨日と同じように、柚はごく軽くそれをノックした。「どうぞ」と答える夫の声を自分が期待しているのか恐れているのかわからないまま、このまま踵を返して立ち去りたい誘惑と闘いながら、そっとドアを開けた。

個室は、病棟の中で最も高額な部屋を使っている。たまたま空いていたということもあるけれど、こちらの事情を話し、なるべくほかの患者や見舞客と会わずにすむようにと申し入れたら、そうなった。一般的な個室が並ぶ廊下の、角を曲がった突き当たりにひと部屋あるだけだから、目的がある者しか来ないというわけだ——実情はむしろ、あの部屋はなんだろうと、よけいな関心を引くことのほうが多そうだけれど。

部屋はそれなりに広くて、大きな窓が二面あり、二人掛けと一人掛けのソファが向かい合う応接セットも備え付けられている。カーテンは薄い空色。ヒーターの上が奥行きの短いカウンターになっていて、七宝焼《しっぽうやき》の一輪挿しがぽつんと置かれている。ああ、また花を買ってくるのを忘れた、と柚は思う。あの花瓶にいったいどんな花をさせばいいのか思いつかないし、花に何の意味があるというのだろう、とも思っているのだが。

昨日と同じように、真哉は横たわっていた。この病室に移ってきたときに酸素マスクは外されている。そのぶん、顔の擦り傷やむくみがあらわになって、状態はむしろひどくなったように感じられる。損傷は後頭部と両肩、両腕に集中していて、それぞれガーゼやネットや包帯で覆われている。背後から鈍器で殴られ、倒れたところをさらに殴られたが、二回目以降の攻撃のほとんどは頭をかばった腕が受け止めたので、右手首は折れたが頭部が致命傷を受けることは避けられた、というのが医師からの説明だった。

犯人——その言葉はひどく唐突な感じで、まるで見も知らぬ国の言語のように耳に届いたものだが——は、スイカ割りでもするみたいにやみくもにやったんでしょうね、と刑事は言った。興奮していたんでしょうが、怯えてもいたのかもしれない。二打目以降の攻撃にはあまり勢いがなかったようです。　殴ったあとは結果をたしかめずに逃げたんでしょうね。

犯人の遺留品は見つからなかったが、犯行現場で採取できた足跡と同じものが公園内にも残っていて、トイレとベンチの間を何往復かしているらしい。一日のうちに何度か訪れているようです。下見に来たのかもしれません。誰でもいいから無差別に襲うつもりだったのかも……。

ああ、あれはクモオのことだったのだと、柚は今更理解した。クモオのことが意識の上に浮かび上がってくると、刑事が描いてみせた犯人像は、まったくクモオらしいと思える。空手の猛者《もさ》であるはずのクモオが「鈍器」をふるったことにしても、だからクモオではないとは思えず、それこそがクモオである証《あかし》ではないのか、と。空手の腕前なんて、たいしたことはなかったのだ。そもそも空手の心得があるというところから、嘘だったのかもしれない。虫か鼠《ねずみ》みたいに公園に潜んで、真哉を待って。「スイカ割りでもするみたいにやみくもに」凶器を振り下ろしたが「二打目以降の攻撃にはあまり勢いがなかったよう」で。ちゃんとやり果《おお》せたかどうかたしかめもせずに逃げていった――そう、まったくクモオらしい。

真哉が持っていた財布も中の現金も、パテックフィリップの腕時計もそのままだったから、物取りの線は消えていた。そうして、怨恨でもなさそうだと刑事は思っているだろう。犯人は目出し帽を被っていたから顔は見えなかったが、恨まれるような心当たりはないと、柚も、真哉自身も断言したから。

真哉は今、眠っていた。軽いノックぐらいでは目を覚まさない深い眠りで、昏睡《こんすい》、と言ったほうがいいのかもしれない。でも集中治療室にいたときから、意識が戻ることがあって、その時間が次第に長くなっているから、脳の損傷はもうさほど心配しなくていいと言われている。

折りたたみ椅子を組み立てて、ベッドの傍らに座る。眠っているのは痛み止めの薬を入れているせいもあり、仰向《あおむ》けの夫の寝顔は奇妙に安らかで、呼吸だけが通常の寝息より幾分大きい。酸素を懸命に取り込もうとしているのだろう。手首が折れた右腕は肘の下までギプスで覆われ、胸の上に置かれている。包帯やガーゼはどれも真っ白で清潔だが、そこからはみ出した内出血の赤黒さがよけいに目につく。目を覚ました瞬間に——というよりたぶん痛みによって彼は目を覚まし、安らかな顔は苦痛に歪む。一昨日も昨日も、柚はそれを見た。

たぶん、倒れたときに地面にぶつけたのだろう、鼻梁《びりょう》にも青痣があり、右頬には擦り傷のようなものができていて、薄く血が滲んでいる。柚はそれを指でそっと拭った。これが私のしたことなのだ、と考える。今はじめて、はっきりとそのことを認識した気がした。

柚は唇を固く結んで、泣くのをこらえた。泣くなんて許されない、と思っていた。人をこの世から消し去りたいと願うのはこういうことなのだ。人間は魔法みたいに簡単に、美しく消滅などしやしない。ドラマや映画は、殺人者が犠牲者に向かって凶器を振り上げたところで暗転して、次の場面で視聴者の前にあらわれるのは白い布がかかった遺体だったりするけれど、その布をはがせば流れ出た血があり、折れた骨があり、腫れ上がった肉があるのだ。眠りの中でも懸命に呼吸している真哉。人間の体は途方もなく複雑な仕組みでその生命を維持していて、そのうえいつだって無心に生きようとしているのに。

涙が目の縁から溢れて膝の上にぽとりと落ちて、グレイのフラノのスカートの上に小さなしみを作った。それが安堵の涙であることを柚は信じていた。だからといって自分を許すことはできない。

自分の中を今一度探す。安堵のほかに、失望がたしかにあった。真哉は死ななかった。数ヶ月後には、少なくとも肉体的な傷はすっかり癒えるだろう。恐怖や不安は残るだろうが、たまたま身に降りかかってきた不運として、彼は早晩克服するだろう。来年の今頃には、酒席で面白おかしく話題にさえするかもしれない。その横で私は、微笑みながら頷いたり、小さく身震いしてみせたり、調子に乗りすぎよという表情で夫の腕に触れたりするのだろう。そう、また元通り。結局、何も起きはしなかったのだ。

真哉が身じろぎし、ギプスをした腕が大きく動いた。ベッドの柵にぶつからないように、柚はそれをそっと元の位置に戻した。真哉の目が開いた。一瞬、不思議そうに柚を見る。

「凜子……」

「え？」

真哉は目を閉じ、次に開けたときにはつらそうに眉を寄せていた。

「今、なんて言ったの？」

「痛み止めを増やすように、看護師に言ってくれ」

柚は急いで病室を出た。ナースコールを押せばいいことはわかっていたが、夫の前から逃げ出したかった。

＊

凜子さん

新聞、見ました。

重傷という見出しを見て驚いています。

死ななかったんだね、彼は。ネットで調べてみたら、命にかかわるほどの病気や怪我が「重体」で、障害は残るとしても命に別状はない状態が「重傷」とあった。

これは本当のことですか。

俺について、彼は何か喋っていますか。あなたは何か喋りましたか。警察はどこまで調べていますか。

俺は捕まりますか。

何も手につきません。状況を知らせてください。

無視するのなら、俺もそれなりの行動をとります。

4月18日　クモオ

「綴り人の会」の名入りのそっけない茶封筒は、DMと出版社からの支払い明細書の間に挟まっていた。それだけを抜き出すとあとの郵便物は集合ポストの中に戻し、柚はマンションを出た。

タクシーの中で読むつもりだったが、運転手の目を意識して思い直した。病院に裏口から入ろうとする女と、「綴り人の会」という思わせぶりな名前と、そしてたぶん食い入るように手紙を読む様子とが、セットで記憶されてしまうことの危険性を思って。そんな思考、そんな用心を自分がしているというのは信じがたくて、滑稽にすら感じられた。自分がかかわっているのはまぎれもない犯罪であって、それを教唆したのは自分自身であるという事実。

いつものルートで病棟へ入ると、エレベーターに乗る前にトイレへ行って——周囲にもし誰かがいたら「飛び込んだ」ように見えたかもしれない——、個室の中で封筒を開けた。クモオからの手紙は、いつものエアメール用の封筒ではなく、「綴り人の会」のそれと同じくらい事務的な白い封筒に入っていた。便箋はノートの切れ端。いびつな形にちぎれているから、乱暴に破りとった手つきが想像できる。

短い手紙だった。あまりに短すぎる。もしかして薄い紙が二枚重なっているのではないかと、柚は紙を撚《よ》ってみさえした。そのうえばかげたことだが、横書きの文章に並んだ文字を縦に読んでみることまでした。暗号によってべつの文面があらわれるのではないかと考えたのだ。けれども見えているもの以上のものはあらわれなかった。

予想とは違う手紙だった。「新聞、見ました」とクモオはまず書いているのに、なぜ凜子が天谷柚であったことにまったく触れていないのだろう。重傷と重体の違いをネットで調べられるのなら、天谷柚について検索するのも簡単だろう。天谷柚は年齢を公表しているから、三十五歳であることも簡単にわかる。クモオの自己申告が真実だとして、彼と同い年だが、これまで二十八だと思っていた女がそれより七歳も年嵩《としかさ》だったのだ。そのことをなぜクモオは書かないのだろう。そんなことは——凜子が天谷柚であることも、年齢詐称も——取るに足らないことだというつもりだろうか。もちろん、そうなのかもしれない。今や彼の関心は書いてある通りに、自分が捕まるか否か、ということだけなのかもしれない。それにしても——。

手紙をバッグの奥深くしまい、エレベーターに乗り込むと、自分が連れてきたに違いない灰色の不安の雲で、柚は息苦しくなった。手紙が届いた以上、返事は書かなければならないだろう。「無視するのなら、俺もそれなりの行動をとります」という最後の一文は、自分でそうしていることにも気づいていないような、無邪気な、いっそ事務的な脅迫だった。自明のことを書き添えただけ、というような。

そうか、と柚はふっと気づく。あれこそが「天谷柚」への言及だったのかもしれない——あんたのことはもうすべてわかっている、今更逃げられないぞと、クモオは暗に伝えていたのかもしれない。もちろん、返事は書く。脅迫されなくたって書くだろう。共犯者としての義務と責任、そしてエゴイズム——おそらくはこれが最大の動機だ——によって。でも、いったいどんな返事を書けばいいというのだろう？

かたちばかりのノックをし、病室のドアを開けると、真哉がこちらを見ていた。

「起きてたの？　痛みはどう？」

努力して夫の視線を受け止めながら、柚はベッドに近づいた。

「痛いよ、そりゃあ」

真哉の発声は当初に比べるとずいぶんはっきりと、しっかりしたものになってきて、今ではその中に皮肉な響きもちゃんと聞き取れる。

「でも、慣れてきたよ」

「がまんしないほうがいいのよ。痛み止めはもう少し増やせるって先生も言ってたし」

「眠くなるからね。意識不明でいる時間があんまり長いと、その間に何が起きるかわからないから」

柚は曖昧に微笑み返した。言葉の棘《とげ》が自分に向かってくるのは、こういう状況ではよくあることなのだろうか。真哉は痛みや自分が見舞われた厄災に苛立っているだけなのだろうか。

「ゼリーを作ってきたけど、食べる？　グレープフルーツのゼリーよ」

「今はいい」

素っ気なく言われ、じゃああとで食べてね、と柚はバッグの中の容器を備え付けの小さな冷蔵庫へ移した。昨日作ってきたビシソワーズも、その前に持ってきたババロアも、手をつけられぬままになっている。

「諏訪《すわ》さんが、もういちど話を聞きたいって」

夫のそばに戻ると、刑事からの伝言を柚は伝えた。

「もういちど同じ質問がしたいんですって。この前は、あなたはまだ少しぼんやりしていたようだからって。あらためて聞けば、何か思い出すこともあるかもしれないって」

「尋問だな」

「気が進まなければ、断れると思うわ。もう少しあとにしてもらってもいいし」

「いいよ、付き合う。いつ？」

「できれば今日の夕方に。急で無理なら明日の今くらいの時間はどうかって」

「今日の夕方でいいよ」

さっさと済まそう、というふうに真哉は答えた。襲われる前、体が自由に動いた頃、有能な編集者として仕事を片付けていくときのように。その一方でその態度には、何かこの事件に対してトラウマなどとはべつの道筋で心を閉ざしているような、無関心を装っているようなところがあるのを柚は感じた。

「凜子って、あなた言ったのよ」

気がつくと柚は夫にそう言っていた。聞かずにはいられなかった。

「なに？」

真哉は目を閉じた。そう――襲われてからの夫は、私が知りたいことを聞こうとすると目を閉じるんだわ、と柚は思う。

「集中治療室からこの病室に移ってきてすぐくらいの頃、目を覚まして、私を見て、凜子、って呟いたの。覚えてない？」

覚えてないな、と真哉は言った。

「凜子は、僕らが観葉植物につけた名前だったろう」

「ええ、そうだったわね」

「なぜそれが知りたいの？」

「え？」

「僕が凜子って譫言《うわごと》を言ったかどうか、君はなぜ知りたいの？」

「私はただ……」

言葉を失っていると、真哉は再び目を閉じた。さっきまでのように自分を閉ざすためではなく、柚の答えに保留の許可を与えるふうに——薄い微笑みを浮かべた表情で。

*

クモオさん。

今ではこの呼びかけは、なんだか滑稽な感じがします。つまり、この私、凜子の正体をたぶんあなたがすでに知っている今、あなたにもべつの、本当の（ちゃんとした）名前があるのだということを考えざるをえないから。あなたは本当は誰なんでしょうね。それがわかるまでは（もしかしたら永遠にわからないのかもしれないけれど。そのほうがいいのかもしれないけれど）、あなたのことを、これまで通り「クモオさん」と呼ぶことにしますね。そして私は凜子。私自身のことについては、あとであらためて書きます。

まずは何から書けばいいのかしら。

私が自分自身に呆れ果てていること？　この期に及んで、まだこんな書きぶりができることに——二十八歳のちょっと可哀想な専業主婦の凜子ならこんなふうに書くであろうという文体のままで、しゃあしゃあと書き綴れることに。

でも、言い訳すると、装っているつもりはないのです。これまで手紙にあらわしてきた「凜子」という女のどこまでが自分でどこまでが作りごとだったのか、自分でもよくわからなくなってしまって。それともこういうときって、いきなり慇懃無礼《いんぎんぶれい》になったり、事務的になったりするものかしら。ちょっと試してもみたんだけど、それこそ本当のことが何ひとつ書けなくなるようで、やめました（そもそも「こういうとき」に陥る人なんてめったにいないものね。その稀有《けう》な立場に自分があるという事実は衝撃的ですが）。

ごめんなさい。

クモオさんはきっと読みながら苛々していますよね。そんなことはどうでもいいって。あなたが知りたいことを書きますね。あなたは捕まりません。夫は何も気づいていません。

あなたの手紙にあった通り、彼は「重体」ではなく「重傷」で、事件（という単語を使うのは、無責任すぎるかしら）から四週間が経った今、少なくとも意識は百パーセント明瞭です。

昨日、彼への二回目の事情聴取がありました（病室のベッドの上で）。あの夜、あなたは、目出し帽（映画で銀行強盗が被っている、あのへんな帽子をそう呼ぶことをはじめて知りました）を被って、黒いジャンパーみたいなものを着ていたのね。そして武器（という単語も、書きながらなんだか冗談みたいに思えるんだけど）は金属の、たぶんスパナみたいなものだったのね。

身長は夫よりも少し低かった――から百七十五センチくらい？　どちらかと言えば痩せ形。夫が覚えていたのはそれだけでした。人相も年齢も、目出し帽のせいでわからなかったと言いました。

あれは通り魔ですよ。夫はそう言いました。自分が襲われる理由はほかに思いつかないと。私ももちろん同意しました（私ひとりで刑事と話したときにもそう言いました）。あの時間、自分があの道を通ることを知っているのはあの夜一緒に飲んでいた友人たちと、妻のほかにはいなかったと。名前を呼ばれることも、罵られることもなかったと夫は言いました。あなたは一言も声を発さなかったと。

笑い話をひとつ。夫のお見舞いに来た編集者が、刑事から呼び止められて質問されたそうです。それはもう婉曲《えんきょく》な聞きかたをしたらしいけど、簡単に言えば「被害者の妻に男がいたという事実はないか」ということだったらしい。もちろん彼は笑いながら否定したと言っていました。誰に聞いたって、笑いながら否定することは決まっているのよ。編集者と作家の理想的なおしどり夫婦。公私ともにベッタリ。とくに私は、夫以外の男性と関係を持つなんて、物理的に無理だと思われてるんじゃないかしら。外見的には私たちはそういう夫婦なの。

これは信じてもらうしかないんだけど、私の「男」は真実クモオさんだけです。でも、あなたと私の関係は誰も知らない。あなたと私とを繋ぐ線があるとすれば、手紙だけです。「綴り人の会」の事務局の誰かがそのことに気づくことはあるかもしれない。その可能性も考えてみたけれど、私は結婚後の姓（つまり、新聞に出た筆名ではないほう）を使い、名前も「柚子」に変えて会に登録したので、心配はないように思えます。それに、文通が殺人（未遂）に繋がるなんて考えるひとはいないでしょう。もちろん、これまでの手紙はすべて処分します。あなたもそうしてくれていると思うけど。

だからあなたのところへ、捜査の手が及ぶことはありません。どう？　不安は少しは解消されましたか？

次はこれからのことですね。

まずはあなたにお礼を言います。ありがとう。凜子のために、危険なことをしてくれて、ありがとう。正直なところ、クモオさんが本当に行動してくれるとは思っていませんでした。

一方で、事件が「未遂」に終わって、夫が死なずにすんで、私は、よかったと思っています。夫のためはもちろん、私自身のためにも、クモオさんのためにも。あなたにはたくさん嘘をついてきたけど、この気持ちは真実です。

夫を失わなくてよかった、ということじゃないのよ。夫を、ひとりの人間を、自分の身勝手で損なわなくてよかった、という意味です。愛じゃなくて倫理の問題。今さら倫理なんて言い出したことに、あなたは呆れるかもしれないけど、私という最低の女がかろくも持ち合わせていた倫理がこれだったのかもしれません。あるいは今度のことがあって、ようやくそれが芽生えたのかも。

夫は順調に快復しています。三週間もすれば退院できるでしょう。それで、元どおり。これまでの生活がまたはじまる。私はそれを受け入れようと思います。

手紙はもう、書きません。そのほうがいいことはあなたにもわかるでしょう？　夫は死ななかった。あなたは捕まらない。何も起きなかったことにはできないけれど、実際のところ、何も起きなかったのです。

こんなふうに書く必要もないのかもしれませんね。だってあなたはもう、「凜子」が「天谷柚」であることを知っているんですものね。そう、あらためて自己紹介します。私は天谷柚、児童文学作家、三十五歳。あなたは呆れて、失望して、後悔して、怒っているかもしれませんね。私に言われなくたって、もうかかわるのはごめんだと思っていますよね、きっと。

最後にもういちど、ありがとう、クモオさん。

あなたからいただいた手紙、燃やしてしまっても、あなたと文通していたことは忘れません。あなたが私のためにしてくれたことも忘れません。

さようなら。

4月26日　凜子こと天谷柚

「乗るの？」

と係員は言った。航大は頷く。一言も声を発さなかったが、係員は「少しお待ちください」と慌てたように敬語になった。沙織が驚いた顔をしている。意識的に表情を作ったわけでもないが、何かが滲み出たのかもしれない――たとえば、どいつもこいつもめちゃくちゃになってしまえ、という気分が。

　観覧車が動きはじめて、係員が引き寄せた赤い一台に航大と沙織は乗り込んだ。航大がさっさと腰掛けると、沙織は一瞬、迷う様子を見せてから、隣ではなく向かい側に座った。どうでもいい、好きにすればいい。おまえなんかただの重しだ、と航大は思う。さっき大学の構内で見かけたとき、まったく同じ気分で声をかけてみたら、意外にもついてきた。無関心である、ということは、優位である、ということなんだなと航大は理解する。ひとりでいると自分がどこにいるのかわからなくなるし、何をしでかすかわからない不安もあるから、こんな女でもいないよりはいい、と考える。

「すっごい久しぶり、なんかマジで懐かしい」

沙織が何か言っている。航大は上の空で頷く。

「去年とか、ずうっとテンパってたから。顔も性格もけっこう悪くなってたかも、あたし」

媚《こ》びた口調。男と別れたのか。そもそもモノにできなかったのかもしれない。それで俺か。とりあえずの繋ぎか。俺はそんなに使いやすいのか。

航大はスマートフォンを取り出した。アプリを操作し、天谷柚からの手紙を呼び出す。これまでの手紙すべてをデジタル保存してあった。

東京へ行った三月二十七日から三十一日までの間にノートに走り書きした手紙や、手紙というよりは日記めいた文章は、凛子には送らなかった。「実行」の記録として送るつもりだったのだが、新聞記事に動揺したあまり、四月二十五日に転送される便には、ただ犯行の露見を問い合わせる短い手紙だけを送っていた。

その返事として五月五日に凛子から届いた手紙を、あらためて最初から読む。この数日間、もう何度読み返したかわからない。捕まる可能性はほとんどゼロであることにはほっとしたが、安堵は怒りで覆い隠されてしまった。怒りは読むたびに増幅される。絶対に許さない、という気持ちが固まっていく。これまでどおりの文体と言いながら、あきらかに距離を置いた、冷静ぶった書きぶりにも、おしどり夫婦だの倫理だのの言い草にも。「元どおり」だと？　「それを受け入れようと思います」だと？　「さようなら」だと？


「何見てるの？　メール？」

さすがに不満そうに、沙織が聞く。

「ちょっと、調べもの」

そして実際航大はグーグルを開き検索した。天谷柚。もちろん今日がはじめてではない。新聞記事を見た瞬間から、ほとんど中毒のように天谷柚の記事を読み、画像を眺めている。前回の手紙でこのことに触れなかった理由は自分でもわからなかった——今なら、凜子が天谷柚だろうと誰だろうと、そんなことは関係ない、と言いたかったのだとわかる。

そう、関係ない。同い年どころか十四歳年上だが、それがなんだというのか。画像のひとつをタップし、満開のピンクの薔薇の前で微笑む天谷柚に向かって航大は語りかける。俺にとってあなたは凜子だ。それ以外の何者でもない、それ以外の何者にも戻ることとは許さない、と。

4

凜子さん
俺は約束を果たしました。

次は、あなたが約束を果たす番です。

俺は異常者じゃない。人を殴って喜ぶような人間じゃない。やりたくないことを、あなたに会うためだけにやったんだ。危険を冒した。犯罪者になった。あなたに会えることを信じて。

あなたと文通していた半年あまり、俺はあなたのことだけ考えていた。もちろん最初は違ったけど、だんだんそうなった。そうなるように、あなたが仕向けた。あなたのことで俺はいっぱいになって、持っていたものも、これから手に入れなきゃならないものも、全部めちゃくちゃになってしまった。

俺の人生には、もう凜子さんしか残っていない。

さよならなんて言わせない。これきりになんてさせない。この手紙を無視するなら、俺は最終手段をとります。

連絡をください。くれなければ、こちらから会いにいきます。あなたが誰だか俺はもうわかっているから、あなたがいる場所を見つける方法はいくらでもあるでしょう。

5月8日　クモオ

「綴り人の会」からの封書ではなかった。

手紙は紙束と一緒に、B5サイズの茶封筒に押し込められていた。宛名には「天谷柚様」とあり、宛先は柚の本を多く出している出版社気付になっていた。差出人は「森凜子」で、富山県魚津市の住所が記されていた——本名を明かす危険は冒さないが、柚にだけは誰だかわかる名前を考えたのだろうと思われた。その封筒が、月に何通か届くファンレターと一緒に大きな社名入りの封筒に入って、出版社から柚の家へ転送されてきたのだった。

「森凜子」からの封筒に手紙とともに同封されていた紙束は、コピーだった。これまで柚がクモオに送った手紙のコピーだ。読むまいと思ったのに思わず読んでしまったから、すべての手紙がコピーされていることが柚にはわかった。

手紙もコピーも十分におそろしかったが、どちらによりぞっとさせられるかと言えば、コピーのほうだった。これらの原本をいまだにクモオが所有しているのだということ以上に、自分自身への恐怖、それに嫌悪があった。まったく、クモオが書いた通りだ。これは私が彼を「そうなるように」「仕向けた」記録にほかならない。一字一句を、柚は丹念に読み返した。自分を弁護できるような要素を見つけたくてそうしたのだが、読むほどに恐怖と嫌悪感は募った。しゃあしゃあと綴られた無数の嘘。弱さを見せつけ、媚びてしなだれかかり、かと思えばお高くとまって引いてみせる。最悪なのは、これらの手紙を書いたのがほかならぬ自分だということが信じられないのに、すべて覚えているということだった。

そう、覚えている――便箋を埋めるとき、一語一語にまとわりついた自分の気持ちまで。自分を最低の嘘吐きだと認識するのは手紙がクモオの元に届いた頃で、書いている間は嘘だと思っていなかったのではないか――「夫からの暴力」を告白するときでさえ。そう、私は紛れもなく凜子だったのだ。クモオが、私の正体を知った今も、そのことを脅迫めいて書き添えながらも、「凜子さん」と呼びかけてくるのはそのせいだろう。

手紙のコピーを柚はすべてシュレッダーにかけた。粉砕されたものをキッチンへ運び、シンクの中に置いた鉄鍋の中に入れて火をつけた。炎をじっと見据えながら燃えつきるのを待ち、水をかけ、ほとんど黒い灰になったものを手ですくって生ゴミ入れに捨てる。鍋とシンクに残った灰を洗い流し、紙が焼けた臭いを追い出すために家中の窓を開けた。あとでシャワーも浴びなければ。肌にも髪にも焦げくさい臭いが染みついている。服にもだ――全部クリーニングに出さなければ。それから……

それから、どうしたらいいのだろう。

最後に開けたリビングの窓辺で柚は立ち尽くした。五月にしては暑すぎるくらいの日差しに片頬を焼かれながら。どうしたらすべて終わるのだろう。

おためごかしの返事を書く？　凜子らしく甘く媚びた言葉を連ねてクモオをなだめて、これまでのように文通だけで満足させる？

――とうてい無理だ。

柚はまだ、「綴り人の会」を退会していなかった。最後に彼に手紙を出したあと、すぐに退会するつもりだったが、どうしてだかそのままになっていた。理由はいくつか――それが理由だと認めたくないものも含めて――あるだろうが、その中のひとつは、この手紙でクモオが納得するはずもないとわかっていたせいかもしれない。いずれにしても、まだクモオは「綴り人の会」経由で凜子に手紙を送ることはできたのに、そうせずに出版社気付にした。きっとそうすることでクモオは「あなたがいる場所を見つける方法はいくらでもあるでしょう」という現実を突きつけてみせたのだろう。

あるいはもっとあからさまな脅しの意味もあったのかもしれない。天谷柚の立場はこれほどに危ういんだからなと言いたかったのかもしれない。実際、今回の転送は十分に危険なことだった。あの出版社の、誰が転送の手配をしたのかは知らないが、非常識な手紙や非常識な写真その他を送りつけてくる輩《やから》もいるから、担当者によっては転送の前に作家に確認をとり、場合によっては許可を得て開封したりもするのだ。Ｂ５の封筒に入ったファンレターというのはめずらしいし、あんなに分厚いのはあきらかに手紙以外のものが入っているとわかるのだから、通常なら不審に思われるはずだ。今回は幸運にも、職務怠慢な人に当たったから救われたにすぎない。

どうしたらいいのだろう。届いたものを燃やすことだって今日だからできたのだ。週明けには真哉が退院してくる。その週いっぱいは会社を休んで自宅療養することになっている。彼がいるときにまた手紙が届いたら。手紙ならまだいい。クモオがここまでやってきたら。

もちろん危険は私同様にクモオも抱えている。私がしたことが明るみに出れば、クモオがしたこともそうなる。でも、クモオはもはや気にしないかもしれない。なぜなら彼の人生には凜子しかいないから。凜子に裏切られたら、なにもかもどうでもよくなってしまうかもしれない。

柚は書斎に戻った。仕事机の上にはクモオからの手紙がまだ残っていた。前回同様、ノートの切れ端を便箋がわりに使った手紙。コピーと一緒にそれを燃やさなかったのは、クモオの署名の横に、携帯電話の番号が書いてあるからだった。

柚はその番号を自分の携帯電話に保存した。それから手紙をシュレッダーにかけ、あらためてキッチンで火にくべた。

どこにするか、滑稽なほど柚は悩んだ。

その行為が、その場所に消えない染みや臭いを残してしまうような気がしたのだ。携帯電話を握りしめたまま家の中をウロウロと歩きまわることだけで疲れ果て、結局、書斎の椅子に座った。腰を据えると、そこがいちばんぴったりの場所であるように思えた――物語が紡がれる場所。物語を嘘と言い換えればいい。クモオへの手紙のほとんどもここで書いたのだから。

夜十時過ぎだった。その時間帯を選んだのではなく、病院から戻ってきたあと、決心がつかないまま時計の針が進んだ。この時間、クモオはどこで何をしているのか。会社はもう出ているだろう。いや、そもそも彼が会社勤めであるかどうかも、今となっては疑わしい。

B5の封筒に記されていた差出人住所は、マンションやアパートではなく一軒家のものだった。三十五歳のひとり暮らしで一軒家に住むだろうか。もしかして結婚しているのか、あるいは実家暮らしなのかと考えてみれば、実家暮らしであるほうが妥当に思える。無職の、いわゆる引きこもりなのかもしれない。私がかけた電話は、彼の部屋で鳴るのか。その音がべつの部屋にいる両親を驚かせたりするのか。

いや、結婚している可能性だって捨てきれない。若い妻と生まれたばかりの赤ん坊のそばで、彼の心はべつの場所をさまよっているのかもしれない。私が真哉のそばでそうだったように。今となっては何もわからない。いや、最初から何ひとつわかってなどいなかったのだ。何ひとつわかりようがないということを、これまでどうして自分は恐れずにいられたのだろう？

クモオの携帯の番号を押したとき、だから柚は、真っ黒な泥の沼――それまではその縁に、両足が浸《つ》かっていただけだった――の中へずぶずぶと沈み込んでいくような気がした。呼び出し音が鳴り続ければ、留守番電話のメッセージに切り替わる前に切ってしまい、二度とかけ直そうとは思わなかったかもしれない。しかし呼び出し音は一回鳴っただけで繋がった。それもまたぞっとすることだった。握りしめた携帯電話を凝視しながら柚からの着信を待ち続けている男の姿を想像させられたから。

「はい」

ぶっきらぼうにも聞こえる男の声が応答した。柚は唾を飲み込む。

「凜子です」

決めていたわけではなかったのに、そう名乗った。今度は相手が息を呑む気配が伝わってくる。

「……凜子さん？　本当に？」

「ええ、凜子です。あなたはクモオさんでしょう？」

そのことについて考えているかのような間ができる。自分が本当は誰なのか、彼もわからなくなっているのかもしれない。やがて大きなため息のようなものが聞こえてくる。

「よかった。電話くれて、嬉しいよ」

泣いている？　若いというよりはいっそ幼く感じられる声。

「今、どこ？」

その声が聞く。子供が母親に訊ねるような甘えを含んで。

「出先からです」

とっさにそう答えてから、あらためて恐怖が忍び寄ってくる。もしかしたらクモオはすぐ近くに――マンションの前まで来ているのではないかという考えが浮かんできて。

「クモオさんは？」

それで、そう聞いた。魚津。クモオはこれも子供の返答じみて、放り投げるように答える。

「北陸の、富山県の、魚津だよ。ずいぶん遠いよね。でも、南極っていうわけじゃないから」

クックック、という笑い声。それからまた、ため息。嘘ではないのだろう。すでに明かしてある地名を答えて、家にいるともそれ以外の場所であるとも言わないのは、やはり何か明かせない理由があるせいか。

これはクモオだ、という思いが恐怖の間を縫うようにして柚を捉える。これはまさに手紙を通して、私が知っているクモオではないのか。そう、クモオというのはこういう男だった。私は便箋の上に、まさに今喋っている男の性質を感知してきたのではなかったか。

「会いたいよ、凛子さん。会ってくれるよね？」

エアメール用の便箋にボールペンの文字で、もう幾度も書かれてきた言葉が、懇願と脅迫を等分に含んだ声になって凛子の耳に届いた。

「ええ、わかりました。約束は守ります」

柚は言った。これは私の声だろうか、それとも凛子の声だろうかと考えながら。

真哉はひとりで病院から帰ってきた。

退院当日にしかできない事務手続きもきちんと自分ですませて、身の回りのものを詰めたカートを自分で引いて、タクシーに乗り込んで。すべて容易いことだし、君と一緒に病院を出ればまた余計な注目を集める可能性があるから、と柚に言い含めて。つまり真哉は、すでにすっかり元通りの彼になっていた——右手首にはサポーターを巻いていたし、頭の傷にはまだガーゼが当てられていて、治療のときに剃《そ》った髪の毛もまだ生えそろってはいなかったにもかかわらず。

再び、日常がはじまろうとしていた。日常ってなんなのだろう、これまで自分は何を日常だと思っていたのだろうと柚は感じていたし、真哉の元通りぶりにはどこか、それまでの彼なら決して見せなかった必死さが滲んでいたのだけれど。とにかく柚は花――入院中、最終的に真哉の病室を植物園と見紛う有様にしてしまった見舞いの花籠を思い出させないような、シンプルな切り花――を部屋に飾り、真哉のリクエストを聞いて料理を作り、ふたりは食卓を囲み、夕食時には――ときには昼間も――ワインを飲んで、音楽を聴き、DVDを観《み》、真哉が仕事の準備をはじめたときには柚も書斎に入り、あるいは柚が仕事をしなければならないときには真哉はリビングで本を読んだ。

会話の量はこれまで通りかそれ以上だったが、事件のことはもう話さなかった。リハビリの進行具合を話題にしたり、真哉の現在の「斬新なヘアスタイル」について冗談を交わすことはあっても、それらの原因についてはきれいに取り除かれていた。真哉が話題にすれば、柚も――言葉を厳選したにせよ――話しただろう。真哉が話さなかったから、柚も話さなかった。今はそういう段階なのだろう、あるいは、これが夫のやりかたなのだろう、と柚は考えた。通り魔の犯行であることがほぼ確定している今、事件について考えるのは、真哉の不運について考えることだ。夫は、不運などというものに自分が見舞われたとは考えたくないに違いない、と。そうやって目を瞑《つむ》ることが正当化されたから、病室で夫が「凜子」と呟いたこともう考えなかった。

そうして夜はもちろん、これまでもそうだったように、一緒にベッドに入った。退院してきたその日の夜に、セックスしたのだった。病院食はもうこりごりだよと言いながらダイニングで柚が焼いたステーキを貪ってみせたときと同じ表情で、夫が覆いかぶさってきたのだ。その貪りかたにも義務の遂行めいたところがあったが、ふたりは問題なくやり果《おお》せた。次にするのはいつだろう、どのくらい日を空けるのが適当だろうと考えざるを得なかったとしても。柚は以前のように悦《よろこ》びを感じた。そしてそのことで自己嫌悪に陥った。つまりは「元通り」ということだ。

柚があきらかな異変を感じたのは、夫が退院してから四日後のことだった。

その日、昼食後に買い物に出かけたのは、真哉が魚を食べたがったせいだった。まだ外食に行く元気はないけど、旨い刺身が食いたいな。めずらしく具体的な希望を口にするので、柚は二駅先まで電車に乗った。その町には市場があって、スーパーマーケットよりもずっといい魚が買えるからだ。

鰹《かつお》と鯵《あじ》と烏賊《いか》を買い、ついでに市場内で野菜少しと練り物なども買って、小一時間ほどの外出だった。家に戻ったのは午後三時少し前だったが、出かける前はリビングにいた真哉は、寝室のベッドの中にいた。近づいてみると気持ちよく熟睡しているようだったし、病院から帰った日も三十分ほど昼寝をしていたから、柚はあまり心配しなかった。元気そうにみえるといっても、あんな大怪我をしたあとなのだから、疲れやすくなっているのだろう。むしろ赤ん坊がつかの間寝入ってくれたときのような安堵を感じながら、魚の下準備だけすませて、書斎へ入った。

おかしい、とすぐに思った。外出する前と、どこがどう変わっているのか言ってみろと聞かれても答えられなかったが、にもかかわらず、真哉が部屋中を探った気配がはっきりと感じられた。以前、彼が緑色のノートを見つけて持ち出した（そして破り捨てた）ときよりも、ゾロリと背筋を撫でられるような違和感があった。その違和感は、緑色のノートのときとは違って夫が探った痕跡を隠そうとしているらしいことでむしろ掻《か》きたてられたのかもしれないし、真哉が魚を食べたいと言ったり柚の帰宅時を見計らっていたかのように眠っていた――今考えてみれば眠ったふりをしていた――ことへの違和感が、決定的な一欠片《ワンピース》を与えられてようやくかたちをあらわした、ということだったのかもしれない。

今回は、夫は何も持ち出してはいなかった。夫に探られて困るようなものもいっさいなかった。クモオからの手紙はすっかり処分していたし、緑色のノートに類するものももうなかったから――もうずっと、真哉が知らない、柚だけの物語は書いていないのだから。だから彼は何も見つけられなかっただろう。そもそも何を見つけようとしていたのか？　いきなり書斎のドアが開き――足音が聞こえなかったのはなぜだろう？――柚はぎょっとして顔を上げた。

「魚、いいのあった？」

真哉が微笑む。起きたのね。柚も微笑み返した。

「夕食、早めに頼むよ。腹減っちゃって」

真哉がたしかめにきたことが柚にはわかった。彼が探ったことに私が気づいたかどうか、このひとはたしかめるためにベッドを出てきたのだ。そうして、夫が安心したことも柚は感じた。私は何も気づいていないとこのひとは思っている。

つまり真哉は、探ったことを私には知られたくないのだ。知られたくない、という気持ちが、判断力を鈍らせている——かつて私がそうだったように。


待ち合わせは、柚が普段使わない私鉄沿線の小さな駅だった。

駅名を告げ、南口改札を指定すると、クモオは素直に了解した。東京の地理には不案内であるはずだから、ふたりが会うのにふさわしい場所なのかそうでないのか、判断しようもなかったのだろう。

柚がその町を選んだのは、郊外のファミリータウンなら、天谷柚の顔を認識できる人間が渋谷や六本木よりも少ないだろう、と考えたからだった。人目を避けるという目的ならシティホテルに部屋を取るのが最適かもしれないが、密室でクモオとふたりきりになることは考えられなかった。

その町を訪れたことは過去に一度だけあった。私鉄探訪という雑誌の企画で、沿線の数カ所を歩いたのだ。南口から商店街の中を少し歩くと、ヘアサロンの二階に古い喫茶店があるはずだった。撮影中、そこで小休止したことを覚えていた。薄暗く、そこそこの広さがあったが客はまばらで、二度、三度と呼びかけるまで店員が出てこないような店だったから、ふたりの姿は目立たないだろう。危険はゼロではないが、どのみちどうしたってゼロにはならない。そういう世界に足を踏み入れてしまったのだから。

すみれ色の膝丈のワンピースに、白いカゴバッグ。大ぶりのサングラス。髪は後ろでまとめたシニヨン。それが、電話でクモオに伝えた「凜子」の目印だった。クモオは「黄色いパーカ」を着てくると言った。柚が駅に着き改札を出たのは、約束した午後二時の五分ほど前だった。駅前には半円形の広場があり、その曲線上に配置された車止めのひとつに、黄色いナイロンパーカを羽織った青年が腰かけていた。

柚のほうが先に見つけた。だが、クモオだとは思わなかった。たまたまこの青年も黄色いパーカを着ているだけなのだろう、と。なぜならあまりにも若かったからだ。十代とも思えたし、せいぜい二十歳《はたち》そこそこにしか見えなかったから。青年が柚を見ていないせいもあった。顔はこちらに向けていたのに、その視線は柚を通り過ぎて、駅舎の中へ向けられていた。

ふっと、青年の視線が柚をとらえた。ふたりは見つめあった。見知らぬ者同士だとするならあまりにも無遠慮で、長すぎる間だった。クモオ。柚は認めた。クモオなのだ、あの青年が。まだ少年といってもいいような顔つきの、ありふれた容姿の、気が弱そうなあの彼が。

クモオも気づいたことが柚にはわかった。動こうとはせず、それまでかけていた車止めから腰を浮かした姿勢のまま、こちらを凝視している。啞然《あぜん》としている。それに——間違いなく失望している、と柚は確信した。

5

およそ東京という感じがしない、ごちゃごちゃした町の、雑居ビルの隙間に押し込まれたような店だった。

「よかった、まだあったわ」

と女は独り言のように呟いて、狭い階段を先に立って上っていった。がたついたドアの向こうの店内は意外に広くて、そのぶんうら寂しさが増していた。広さに対して数が少なく小さすぎる窓から、表のあかるさがほんのわずか届く席に、老人がひとり座って新聞を広げていた。女はそこから最も遠い薄暗いテーブルを選んだ。

向かい合って座ったが、窓際の客の兄弟みたいな老人が注文を取りに来るまで、ふたりとも喋らなかった。「コーヒー」と短く自分の注文を告げた女は、航大が「コーラ」

と言うと、ちょっと驚いたように顔を上げた。コーラで悪いか。航大は胸の中で毒づく。喉が渇いてしかたがないのだ。

「はじめまして」

と女は航大をまっすぐに見て、ちょっと笑った。今更そんな挨拶をすることがおかしいと思ったのだろう。航大は笑い返せなかった。自分がどんな表情をしているのか、よくわからない。

「クモオさん……と、まだ呼んでもいい？　それとも本名で？」

「森です」

と航大が答えたのは、こうして女と向かい合っていると、クモオという名前がひどくばかげた、恥ずかしいものに感じられるからだった。

「俺も、天谷さんと呼びます」

そう付け足すと、女の表情はかすかにこわばるようだった。脅されていると受け取ったのかもしれない。

もちろん、脅したのではなかった。目の前の女はもはや凜子ではなかった。だから天谷さんと呼んでみたが、その名も女の顔の上をつるりと滑って床に落ちていくような感じがした。女、なのだ。駅前でためらいがちに「……クモオさん？」と声をかけられた瞬間に、凜子も天谷柚も消滅して、今自分は「女」と呼ぶしかない誰かと一緒にいる、と航大は思った。

凛子が天谷柚であるとわかった時点で、彼女が三十五歳であることを知ったし、そのポートレートも何枚も、飽きるほど見た。だが、それらの事前の情報と目の前の女とがうまく繋がらない。実物のほうが老けているとか醜いとか、そういうことではない。きれいな女だと思うし、まだ若々しさもある。だが、平面が立体になったことで、逆に何かが損なわれてしまった。

なぜだろう？　文通の間感じていた距離よりもずっと近くに――手を伸ばせば届くところにいるのに、彼女がひどく遠くなった。「女」と言うしかないほどに。自分には無関係な、いっそ違う星に生息する生き物みたいに。かかわったのが実際のところ、何かの間違いか夢だったかのように。

「聞いていいかしら。……いくつ？」

「二十一です」

「学生さん？」

「ええ」

質問はそこで終わりだった。それ以上のことには興味がないのか、それとも聞かないほうが自分のためだと思っているのか。「凛子」のせいで俺が将来を棒に振ったことを、この女はわかっているのだろうか。

「就職活動中でした」

それでそう言ったが、声に出したとたんその恨みがましい響きにうんざりした。女は憐れむ表情を隠そうとしながら頷いた。

「空手を教えているというのは……」

航大は黙っていた。答えることができなかった。凶器を使ったことはもちろんもう知られている。女はゆっくり目を逸《そ》らした。

絶望感と無力感が、ねっとりとした黒い液体のように航大を包んだ。釣り合わない、と思う。この女、三十五歳の成熟した女、作家としてたしかな評価と地位を得ている女と、俺は、全然釣り合わない。

「ごめんなさい、本当に」

女が航大の目をじっと見つめながら謝ったのは、コーヒーとコーラが運ばれてきたあとだった。航大は黙っていた。謝るのは卑怯だと思った。謝られたら、これまでのすべてが間違いだったことになってしまう。

「俺も謝ります」

だからそう言った。なぜあなたが？　という顔で女が見る。

「あなたのご主人を殺せなかったこと」

すると女の目が見開かれ、と思ったら見る見る涙が溢れてきた。女はそれを拭った手で口元を覆った。そのまましばらく、何かが彼女の中を通り過ぎるのを待っていた。

「あなたを殺人者にしなくてよかった」

ようやく口元から手を離すと、女は言った。それから、

「彼が死ななくてよかった」

と続けた。どちらがこの女にとって重要だったのだろう、と航大は思った。

窓際の老人は今は新聞をたたんでいるが、ぼんやり外を眺めている。店員は奥に引っ込んだまま出てこない。そういう店だと知っていて女は俺を連れてきたのだろう、ということに航大は気づく。

「きれいな顔ですね」

ずっと言おうと思っていたことを航大は言った。

「痣も傷の跡もないですね。暴力を振るわれていたというのは、嘘ですか」

女は一瞬ためらってから、頷いた。

「おしどり夫婦なんですよね。公私ともにベッタリなんですよね。なのに、どうして……どうして僕に彼を殺させようとしたんですか」

「自由になりたかったから」

と女は答えた。

「わからない。彼はあなたを拘束していたわけじゃないでしょう。あなたは……あなただったら、なんでもできるでしょう。彼のことがきらいなんだったら、別れればいいだけのことじゃないですか」

女はしばらく黙っていた。それから、

「彼からじゃないの」

と言った。

「彼からだと思っていたんだけど、本当は私自身からだったのよ。自分の心がどうにもならないから、彼を消し去るしかないと思ったの」

「さっぱりわからない」

航大は吐き捨てた。女の言葉の中に自分の——クモオの存在がまったく含まれていないことだけを感じた。まったく、一欠片《ひとかけら》も。

「どうしたらいい？」

と女は言った。涙はもう止まっている。こちらを、じっと見つめる。泣いたせいで化粧が落ちたのか、目の下がうっすら黒く汚れている。

「私、ずっと考えて、決めてきたんです。あなたの望みはなんでも聞こうって。私はあなたのためになにをすればいい？　あなたは私に、どうしてほしい？」

女の言葉は提案ではなく脅迫みたいに聞こえた。どうしてそれを今俺に聞くんだ、と航大は思う。どうするかはもう決まっていたんじゃないのか。クモオが凛子の望みを叶えたら、凛子はクモオのものになる。そういう約束じゃなかったのか。しかしそれを口にする気にはなれなかった。目の前にいるのはもはや凛子ではないからだ。航大が黙っていると、「ただひとつだけ」と女は続けた。

「一緒に暮らすことはできないの。夫が死ななかったからよ。私が彼を捨ててあなたと一緒になることを知ったら、彼はその理由を考える。当然、自分が襲われたことを思い出す。確証はなくても、調べるに決まってる。そういうひとだし……それはもう、偏執的に調べあげるわ。ね、わかってくれるでしょう？　あなたの名前を夫に知られてしまうことは、絶対に避けなければならないの」

女はテーブルの上で両手を組んでいた。話しながらときおり指がぴくりと動き、そのたびに女は、誰かに呼ばれたかのように自分の手を見た。

「怒らないでね。お金が必要なら、私に払えるだけは払います」

大きな金額をまとめてというのは無理だが、月々決まった額を送金することはできる。送金方法はもちろん慎重に考えなければならないけれど、と女は言った。

「でなければ……」

それまで航大に据えていた目を女は伏せた。

「私と寝たいなら……それであなたの気がすむのなら……」

自分の顔が歪むのが航大にはわかった。ぞっとした。「寝たい」などという言葉が女の口から出たこと、自分がそれを求めていると思われたことに。たしかに手紙を読んで欲情することもあった、「その場面」を妄想もした、でも違う、俺はそんなことのためにあの男を襲ったんじゃない。いや、たとえ寝たとして、それから先はどうなるのか——この女と。

「あなたと寝る気はないです」

思わず口に出した瞬間に、それがどうしようもない真実だということに気がついた。俺はこの女には欲情しない。

女は顔を上げて少し唇を歪めた。笑ったのかもしれない。

「そうよね。そんな気にはなれないわよね。ごめんなさい」

それならやっぱりお金かしら。女は独り言のように言った。金。それが結末なのか、と航大は思う。いくらなら見合うのだろう、クモオが凜子に捧げた日々には。百万？　一千万？　言うだけ払うと女は言った。無茶苦茶な金額を要求して、一生払い続けてもらうこともできるかもしれない。そうやって、ずっとこの女との繋がりを保ち続けるのか？　いや、それは危険だ。女と暮らすのと同じくらい。この女はただの主婦じゃない、夫が襲われたことで彼女の名前が新聞に載るほどの有名人なのだから。それに、違う。俺が望んでいたのはそんな人生じゃない。

間違った、という思いが今になって航大の中で膨らんでくる。逃がすものかと思っていた。凜子が天谷柚で、二十八だと思っていた女が三十五歳で、ふつうの主婦ではなくて著名な作家で、殺すはずだった夫とは「おしどり夫婦」で、だがそれでも会いたかったし、会えばどうにかなると、どこかへ――今よりもマシな場所へ――行けるはずだと思っていた。だが、間違った。会ったのが間違いだったのだ。

凜子が消えていくのを航大は感じる。目の前の女と凜子とを、どうにかして一致させようとしているのだが、どうしても一致しない。どうしたらいいのだろう。凜子はどこへ行ってしまったのだろう。

「金じゃない。金なんかいらない」

女にではなく自分に向かって、航大は呟いた。すると女が微笑した。

「それじゃ、逃げるというのはどう？」

「え？」

「ふたりで、どこか遠くの、海の向こうへ行ってみる？　警察もマスコミも手が届かないようなところに。家族も仕事もこれまでの人生も予定されていた未来も、ぜーんぶ捨てて、どこかとんでもない世界の果てに行って、ふたりきりで暮らす？」

女の微笑みが深くなり、同時に美しさよりも不気味さのほうが増してきた。この女はくるってる。航大は思った。そうだ、文通して、顔も見たことがない相手に、自分の夫を殺して欲しいなどと頼む女はくるっているに決まっている。どうしてそのことがわからなかったのだろう？

航大は首を横に振って、立ち上がった。


鍵を回してドアを開けると、音楽が聞こえた。ジェイムス・ブラントの「You're Beautiful」だとすぐにわかった。一時期、どこでもしきりに流れていた曲だから。

「おかえり」

真哉が玄関まで迎えに出てきた。夫は、この時間まだ会社にいるはずだった。

「びっくりさせたかな。早退してきたんだ」

リビングに戻りながら、真哉は言った。コーヒーテーブルの上に彼のノートパソコンが載っていて、音はそこから出ていた。

「YouTubeだよ。退屈だったからあれこれ聞いてたんだ。つまらない曲だね、これは」

そう言いながらも音を止めようとはしない。柚は右手にカゴバッグをぶら下げたまま突っ立っていた。鼓動が速くなってくる。

「予定外の行動をしたらどうなるのかなってちょっと考えてさ。うん、やっぱり君はいなかったね。思ったより早く帰ってきたけど。どこ行ってたの？」

柚は声が出せなかった。どんな嘘も言い訳も無駄だと、なぜかもうわかっていた。

「君には恋人がいるんだろう」

真哉がそう言うのと同時に、you're beautiful, you're beautiful とジェイムス・ブラントが連呼した。真哉はチッと舌打ちして、ノートパソコンを閉じた。とたんに部屋は静まり返る。

「僕を襲ったのはそいつなんだろう?」

柚は黙っていた。違うと言ったところで夫にはすでに確信があるのだろうと思いながら。

「そうだよ、もうわかってるんだ。目出し帽の男は僕になぐりかかる寸前に、凜子さんのダンナだよな、と言ったんだよ。凜子さんは俺のものだ、とも。最初は人違いかと思ってた。でも何かひっかかるものがあって、刑事には言わずに、ずっと考えていた。それで、思い出した。凜子は、僕らが観葉植物につけた名前だったって」

柚はソファに腰掛けた。足が震えてきたからだ。真哉はちらりと見てから、自分も向かい側に座った。はじめて出会ったとき、こんなふうだったわと柚は場違いなことを思い出した。夜のバーで、周囲にはほかの編集者もホステスも座っていたが、真哉から話しかけられ、答えるうちに人影も雑音も消えて、まるでその場所にふたりきりで向かい合っているような気持ちになったものだった。

「恋人同士の無邪気なゲームみたいなものだったんだろう。愛《いと》しいあなたの前では天谷柚ではいたくない、そういうことだったんじゃないのかな。彼のことを君がなんて呼んでたのかは知らないけど、とにかく彼は君を凜子と呼んでいた。不思議なのは、どうして僕らの観葉植物の名前にしたのかってことだけど、たぶん君は忘れていたんだろう。ただ凜子という名前だけが頭のどこかにあった。それで彼に甘く囁いた、〝凜子と呼んで〟。ね？　おおむね当たっているだろう？」

真哉は滑らかに喋った。滑らかすぎる、と柚は感じた。まるで、自分ではない誰かが用意した原稿を読み上げているみたいだ。

「君はアバンチュールを楽しんだ。だが想像するに、君が好きだったのは相手の男というよりも、僕にひみつを持つことじゃなかったのかな。そしてこれも想像だが、彼は違った。彼はアバンチュールよりひみつより、君がほしかった。愛しい凜子ちゃんがさ。それで、暴走した。きっかけは別れ話だったんじゃないかと思うのは、僕に都合が良すぎるかな。なんにせよ、彼は僕さえいなくなれば、君を自分だけのものにできると思った……」

真哉はそこで言葉を切って、効果を測るように柚をじっくりと眺めた。柚は目を伏せたが、そのときある考えが芽生えはじめていた。

「ここでひとつ疑問がある。どうして彼は、あの夜僕があの道を通るのを知っていたのか、ということだ。でも、答えは簡単だったよ。君たちの逢（あ）いびきは、さぶろう会の日だったんだね。もちろんほかの日も涙ぐましい努力をして会っていたのかもしれないが、いちばん安全にデートできるのが、さぶろう会の日だった。そうだろう？　あまり考えたくないけど、僕が〝さぶろう〟で飲んでいるとき、彼はこの家にも来ていたのかもしれないね」

柚は真哉の顔を見た。すると真哉は立ち上がり、ノートパソコンを操作しはじめた。このひと、今、私から目を逸らしたわ。柚は思った。

再び、ジェイムス・ブラントの歌声が聞こえてくる。

「だから彼は〝さぶろう〟のことを知っていたし、僕の帰宅時間も知っていた……。あの日は君に嘘を吐いて、会えないことになってたんだろう。あるいは、これも僕の希望的観測だけど、あのとき君はもう彼と別れたつもりになっていたのかもしれない。で、彼は僕を待ち伏せした。そして僕に聞いた、〝凜子さんのダンナだよな〟、それからスパナを振り上げて……」

ジェイムス・ブラントの声と張り合うために真哉の声は大きくなっていた。そのうえそこで真哉はさらに声を張り上げて、「ぎゃあああ」と叫び、頭を圧《おさ》える真似をしてみせた。あきらかに柚を脅かすためだった。でもそのとき柚は、自分の足の震えがもう止まっていることに気がついていた。

「やめて」

柚は静かに言った。自分が落ち着いていることを感じた。夫の目が見開かれる。妻が怯えていないことに戸惑っている。

「あなたの言う通りよ」

と柚は言った。

「私にはひみつの恋人がいた。インターネットのいかがわしいサイトで見つけたの。遊びだった。そうよ、自分にもそういうことができるかどうか試してみたかっただけ。会うたびに幻滅していったわ。自分にも、彼にも。だからもう終わりにしましょうと言ったの。彼は納得しなかった。それで……。全部あなたが考えた通りよ」

「でも今日も会いに行ったんだろう?」

自分が落ち着いてみれば、真哉の声の硬さや、微かな震えまでも感知できる気がした。柚は頷いた。

「今日で終わり。きっぱりと別れてきたわ。彼、後悔しているの。捕まることを恐れてもいる。正気になれば、臆病な、気の小さいひとなのよ。だから言ってやったの。これ以上つきまとったら通報するって。これきりにするなら、あなたがやったことは誰にも言わないからって。約束してくれたわ。私たちは、もう二度と会わない」

いつの間にか音楽が止まっていた。真哉は今は自分の手をじっと見下ろしていた。そんな姿を夫が見せるのははじめてだった。そのことに彼は気づいているだろうか？

「君も約束できる？　絶対に終わりだって」

顔を上げると真哉はそう言った。

「ええ。約束するわ」

柚は答えた。真哉の顔をまっすぐに見た。

「それなら、僕も約束する。この件に関してはこれ以上何も言わない。もちろん、警察にも、誰にも報告しない。こんなスキャンダルは天谷柚には似合わないからね。君がずっと天谷柚でいてくれるなら、僕は君を守る」

「もちろん、私は天谷柚だわ」

真哉は怯えた顔で柚を見た。怯えた顔！　こんな顔をこのひとがするなんて。可哀想な真哉。愛しい夫。

「わかってるよね。これは約束というより契約だ。君がまたおかしなことをしたら、僕は契約を破棄せざるを得なくなる」

「ええ、わかってるわ。これは契約よ」

柚は言った。それから少し迷って、付け加えた。

「あなたもそのことを忘れないでね」

真哉の表情を見て、柚が気づいたということに真哉も気づいたことが分かった。契約。

まさに今私たちは契約を交わしているのだ、と柚は思った。

「ごめんね、待たせて」

衝立《ついたて》で仕切られた狭い部屋に入ってきた男はひとりだった。予想していたよりも若い。三十五、六くらいだろうか。航大が座っているのと同じ折りたたみ椅子にどさりと腰掛けるとすぐにスーツの上着を脱いで椅子の背に掛け、「暑いよね、この部屋」と言い訳がましく笑ってみせた。

「君も脱いでいいよ、ここ、俺だけだから」

「いえ……」

まあふつう脱がないか、と男はひとりごちて、机の上に置かれた航大の履歴書を手にとってめくりはじめた。

「今頃うちに来るってことは、結構苦戦してる？　落ちちゃった？　けっこう」

あ、そうだと呟いて男は上着の内ポケットからスマートフォンを取り出し、画面で時間をたしかめた。それを机の上に置く前の一瞬、スパイダーマンの絵柄のカバーを航大は見た。

「就職活動、去年はほとんどしませんでした」

航大は男の質問に答えた。

「恋愛にかまけていたんです。あれが恋愛だったのか、今となってはよくわからないんですけど。ある女に夢中になっていて、就職活動どころじゃなかったんです。自分の人生っていうのがどこにあるのかずっとわからなくて、女と一緒なら、見つけられるような気がしたんです。でもだめだった。彼女はいなくなってしまった。いや、最初からいなかったのかもしれないと、この頃は考えているんです。最初から僕の妄想だったと……」

木琴のような音が聞こえてきて航大は顔を上げた。机の上のスマートフォンが鳴っている。目の前の男はさっと耳に当て、あ、わかりましたと短く応答した。カバーはスパイダーマンではなかった。

「えーと、なんだっけ。苦戦してるかって聞いたんだったね。失礼な質問だね。まだ答えなくていいよ、今、えらい人が来て、たぶんもうちょっとマシな質問するから」

ヒヒヒ、というふうに男は笑った。悪い感じではなかった。上司よりも面接に来た大学生のほうに自分はまだ与《くみ》しているんだ、とこっそり航大に教えているような笑いかただった。

航大もちょっと笑い返して、空想の中ではなく、実際に口に出せる答えを考えはじめた。

面接が終わったのは三時前だったが、帰宅したときにはすでに暗くなっていた。町や浜辺をうろついていたという記憶だけがあり、その数時間を自分がどんなふうに潰したのかよく思い出せなかった。就職活動といえるものを少しずつだがするようになって、両親は以前よりは心配しなくなったようだが、自分の外側と内側がべつの生き物のように分離してしまった感覚がずっとある。

「おかえり。郵便が来てたわよ」

迎えたのは母親のその言葉だった。どうにか平静に頷いて、二階に上がる。今日が「綴り人の会」の転送日だということは、面接の途中から——スパイダーマンの幻影を見たあたりから——思い出していた。

それは勉強机の上に置いてあった。航大はクスクス笑いだした。母親の声が妙にあかるかった理由がわかった。封書は「綴り人の会」からのものではなかった。先月面接を受けた会社の名入りの封筒で、開封してみると内定通知が入っていた。

*

クモオさん

あいかわらずこの名前で呼びかける私を許してくださいね。この前聞いた、あなたの本当の名前はもう忘れてしまいました。じつのところ、覚えるつもりもなかったのかもしれません。

もう二度と手紙は書かないつもりだったけど、これを最後の一通にします。どうしてもあなたに知らせたいことができたから。

クモオさん、私の夫は、もう何もかも知っています。

あなたは彼を襲うとき、「凜子」という名前を口にしたんですね。そのことによってなぜ彼が知り得たのかは書きませんが、私たちがはじめて会った日、家に帰ると、彼から打ち明けられました。

大丈夫。彼は警察には言いません。私があなたときっぱり別れること、これまで通りに彼の良き妻、彼の言いなりになる作家でい続けることを条件に、このことは不問にすると約束してくれました。

だから前にも書いた通り、あなたが捕まる心配はありません。ではなぜこの手紙を書いているのかといえば、夫が嘘を吐いていることに気づいたからです。

嘘。でなければごまかし。ごまかしているのは彼自身。

条件付きとはいえ、夫が私を許せた理由。それは、自分が襲われたのが私ではなくあなたの意志によるものだと信じているからなの。私にとってあなたとの恋は遊びだった。でもあなたにとってはそうじゃなかった。私はあなたに別れを切り出し、あなたは逆上し、暴走し、夫に襲いかかったのだと。

ね、ずいぶん都合のいいストーリーだと思うでしょう？　でも夫は、これが真実だと信じている。いいえ、信じることにしたのだと思う。私があなたをそそのかして、自分を襲わせた（これはまったく婉曲な言いかたで、正確には、殺すように頼んだ、と言うべきね）なんて、考えもしなかった。いいえ、考えることを拒否したのだと思う。

どうして？

彼には私が必要だから。

そんなことはとっくにわかっていたつもりでした。夫にとって私は大事な「商品」なのだからと。

でも、私は気がついたの。本当にはわかっていなかったのかもしれない、と。私を商品として管理しようとする彼に私がこれまでずっと従ってきたのは、彼から離れることができなかったのは、私のほうがより彼を必要としているからだと思っていたけれど、そうではなかったのかもしれない。私が感じていたよりずっとずっと、夫は私を必要としているのかもしれない——妻が自分を殺そうとしたのかもしれないという可能性から、目を背けるほどに。

そして、夫にとって必要なのは商品としての天谷柚だけではないのかもしれない。そんなふうにすら思い至るなんて、私は自惚《うぬぼ》れがすぎるかしら？　でもあの日、何もかも知っているんだと私に打ち明けたときの夫の目の奥や声の端にたしかにあらわれていたものに私は覚えがあって、それは私が、夫と別れられない理由を探すとき、自分の心の中に見つけるものと同じものだったの。

クモオさん、愛って何でしょうね。私はそれについて十分知っているつもりだったし、知りすぎてうんざりすることすらあったのだけれど、それにはまだ未知の部分があるみたいです。私はこれまでずっと、自分は夫に隷属して生きるしかないと思っていた。でももしかしたら、私たちは対等だったのかもしれない。必要の、あるいは〝愛〟のパワーバランスが、今度のことであきらかになったのかもしれない。

そうね、これこそ「都合のいいストーリー」なのかもしれないけれど。でも、私はこれから、この物語を生きていこうと思います。いいえ、言いかたを変えましょう——この物語なら、生きていけるかもしれない。

自分のことばかり書いてしまいましたね。

最後に、クモオさん。

あの喫茶店で、最後に私が言ったことを覚えていますか。とんでもない世界の果てに一緒に逃げるのはどう？　と誘ったこと。あれは本気でした。あのとき、もしもあなたが頷いていたら、私はきっと今頃、あなたの手をとって後先も考えずに走り出していたでしょう。私たちは恋人同士にはなれなかったかもしれないけれど、この世界からの逃亡者として、ともに生きることができたかもしれない。

でも、あなたが首を横に振ってくれて、よかったと思っています。

6月2日　凜子

＊

柚はペンを置いた。

便箋ではなかった。昼間に街に出て買った、緑色の表紙のノートだ。クモオへの手紙を綴ったページを、定規をあてて丁寧に切り取った。抽斗を開けて適当な封筒を探した。けれども、封筒に入れる前に、畳んだ紙片をあらためて広げた。それから再びペンを取って、ところどころに線を引き、消していった。繰り返し読み、また線を引いた。

柚はその手紙を出さなかった。

解説

斎藤美奈子

手紙ほど恐ろしい通信手段はない!

本書を読み終えた読者には、その意味がしみじみおわかりいただけるはずだ。

書簡体の小説っていうのはじつは古い形式で、よく知られているのはゲーテ『若きウェルテルの悩み』(一七七四)や、ラクロ『危険な関係』(一七八二)である。ほかにもメアリー・シェリー『フランケンシュタイン』(一八一八)とか、ジーン・ウェブスター『あしながおじさん』(一九一二)とか。語り手の行動や感情が率直に語られる点で、これらは一人称小説のルーツといえるかもしれない。

ただし、書簡体小説の前提は、書き手が事実を語っている、という暗黙の了解があることだ。もちろん手紙である以上、ときには嘘《うそ》や誇張やごまかしがまじる。しかしそれでも、手紙の書き手と受け取り手の間には、一定の信頼関係が成立している。書簡体小説の究極的な目的は、読者への報告だからである。

『綴られる愛人』は、こうした古典的な書簡体小説とは一線を画している。手紙と地の文が混在しているだけではない。書き手が自分を偽っている、それが旧来の書簡体小説との最大のちがい。主人公の二人はほんとに問題児なのだ。

「凛子」と「クモオ」のなにやら不穏なやりとりから、物語ははじまる。

凛子は「東京在住、二十八歳の専業主婦」。クモオは「金沢の貿易会社に勤める三十五歳の独身エリートサラリーマン」。だがそれはあくまで文通用の自己申告で、凛子の正体は「三十五歳の著名な児童文学作家」の天谷柚だし、クモオの正体は「富山県魚津市に住む二十一歳の大学生」の森航大である。この二人が「綴り人の会」なる会に登録し、文通をはじめたのが、そもそもの発端であった。

自分も正体を偽っているのだから、相手だって偽者かもしれない。それくらいは二人も承知の上である。当初は柚も航大も、互いの文面を半ば鼻白む思いで読んでいた。それがなぜ、短期間で疑似恋愛のような形にまで発展したのか。

クモオ（航大）が凛子（柚）の自己紹介に応じて最初の手紙を送ったのは八月。〈クモオさん。／会いたい。／会いたい。／会いたい。〉と凛子（柚）が訴え、クモオ（航大）が〈僕は凛子さんに恋をしています〉と告白したのが十一月。時間にすれば三カ月だけれども、「綴り人の会」から手紙が転送されるのは月に二回。たったそれだけのやりとりで、相手の何がわかるのか。その前に、人はそもそも文字情報だけで見知らぬ相手に恋愛感情を抱くことができるのだろうか？

さあそこが、手紙の恐いところである。

手紙が他の通信手段と異なるのは、第一に恐ろしく時間がかかることである。メールやＬＩＮＥなら数秒で相手にメッセージが届き、ほんの数分、遅くてもその日のうちには返事が返ってくる。ところが手紙ときたら、どんなに頑張っても、相手に届いて先方が返事を書いて投函してこちらに届くまでには数日かかる。手紙を待つ時間の長さは、いやでも人に深読みや妄想の時間を与える。

手紙はしかも、便箋や封筒、インクの色、そして筆跡という「ブツ」と一体化している。これが第二の特徴である。キーボードに慣れてしまった人は、手書きのわずらわしさにもう耐えられないだろう（ご多分にもれず、私も手書きの手紙は十年以上、手書きの原稿にいたっては二十年以上書いていない）。ところが文通用の手紙はワープロソフトで手早く仕上げて一丁上がり、とはいかない。データだけのやりとりにはない独特の手触り感をともなった書き手の分身、それが手紙ってやつなのだ。

柚と航大は、この罠《わな》にはまった。恐ろしく時間がかかり、情報量は限られており、しかも相手の素性すら知らない。負の要素だらけの通信手段。それでも、いや、だからこそ、彼らは恋に落ちた。あるいは恋に似た感情に足元をすくわれた。

フランスの作家・スタンダールは、『恋愛論』（一八二二）で「結晶作用」という概念を提出している。結晶作用とは、はて何か。

〈恋する男の頭を二十四時間働かせるままにしておけば、諸君は次のことが起るのを知るだろう〉とスタンダールはいう。〈ザルツブルクの塩坑では、冬、葉を落した木の枝を廃坑の奥深く投げこむ。二、三カ月して取りだして見ると、それは輝かしい結晶でおおわれている。山雀《やまがら》の足ほどもないいちばん細い枝すら、まばゆく揺れてきらめく無数のダイヤモンドで飾られている。もとの小枝はもう認められない。／私が結晶作用と呼ぶのは、我々の出会うあらゆることを機縁に、愛する対象が新しい美点を持っていることを発見する精神の作用である〉（『恋愛論』大岡昇平訳、新潮文庫）

ただの小枝が、塩の結晶をまとってダイヤモンドの輝きを放つ。昔風にいえば「あばたもえくぼ」、古い流行歌の歌詞にならえば「会えない時間が愛育てるのさ」である。

二人の頭の中で起こったことは、まさにこれだった。

結晶作用がさらに高じると、次のような心理が生じるとスタンダールはいう。

〈恋人は、たえず次の三つの考えの間をさまよう。
一、彼女はあらゆる美点をそなえている。
二、彼女は私を愛している。
三、彼女から最も大きな愛の証拠を得るにはどうしたらいいか〉（同前）
最初の手紙から七カ月後の翌年三月、航大があらぬ行動に出たのは、「彼女から最も大きな愛の証拠を得るにはどうしたらいいか」を模索した結果だったにちがいない。恋の結晶作用はときに、人生さえも狂わせるのだ。

物語の内容を、もう少し吟味してみよう。

柚と航大の悲劇は、自分が設定した仮想的な人格が、文通というバーチャルな空間を超えて、本来の自分を侵蝕しだしたことにはじまる。悲劇はしかも、若くて未熟な（結晶作用が激しかった）航大により大きくおそいかかった。

柚が文通をはじめたのは、創作のアイディアを求めてのことだった。と本人はいっているが、それだけだろうか。編集者兼事実上のマネージャーである夫の真哉に、彼女は辟《へき》易《えき》していた。物語のプロットまで夫に支配される生活は、仮にも作家である柚には耐えがたい屈辱だったはずである。「夫のＤＶに悩む二十八歳の専業主婦」を演じ、〈事情があって、あまり家から出られません〉〈便箋の中でだけでも、遠くの世界へ行ってみたくて〉という思わせぶりフレーズを紹介文に挟んだのは、現実からの逃避であると同時に、満たされない自身の創作欲求を満たすためだったはずだ。

彼女はしかし、創作ゲームのルールを逸脱する。

転機になったのは、物語を書き続けてきた「緑色の表紙のノート」を夫が破り捨てたことだった。彼女の中に「殺意」に近い感情が芽生えたのは、おそらくこのときである。

外に飛び出した柚は、激情にかられて紙ナプキンに書く。

〈夫がいなくなればいいのに。／夫がいなければ、クモオさんからの手紙を燃やさずにすむのに〉〈クモオさん。／会いたい。／会いたい。／会いたい。〉

柚にとって重要なのはあくまでも夫との関係で、クモオへの手紙は不満のはけ口にすぎなかった。「会いたい」の連打はいわば八つ当たりである。

しかし、航大は切迫した調子の凜子の訴えを真に受けた。ここから彼は、バーチャルな文通の世界と現実との境界線が徐々に見えなくなっていく。〈救いを求めている凜子の叫びに、いつも自分は一歩遅れてしまう〉〈俺も会いたくてたまらないよ、凜子さん。だがどうしたらその願いが叶うのだろう？〉

柚の誤算は、「クモオ」が二十一歳の未熟な若者だとは予想しなかったことだろう。文通相手の素性を知っていたら、彼女はもっと慎重に言葉を選び、適当に相手をあしらいながら、年上の女として優雅に振る舞ったはずである。ところが「クモオ」ならぬ航大は、三十五歳のエリートサラリーマンどころか、まだ半分子どもだった。ぱっとしない地方大学の、ぱっとしない学生である航大にとって、凜子を救うという計画は、ヒーロー願望を満たす冒険への入口だった。そして彼に感染したように、柚もまた夫の殺害を促すような、やたらと具体的な手紙を書くのである。

結晶作用といったけれども、二人の関係が恋愛と呼べるかどうかは、判断に迷うところである。柚と航大にとってもそれは永遠にわからないだろう。二転三転する二人の心理状態を追う井上荒野の筆はたくらみに充《み》ち、最後には思いがけない場所に読者を連れ出す。特に後半のめくるめく展開は、息もつかせない。

全編を読み終えてあらためて考えると、『綴られる愛人』は「姦通《かんつう》小説」に近いことに気づく。姦通小説とは、書簡体小説と同じかそれ以上に古い物語のジャンルで、年上の既婚女性と年下の独身男性との悲劇的な恋愛を描いているのが特徴だ。世界的に有名なのはトルストイ『アンナ・カレーニナ』（一八七七）や、スタンダール『赤と黒』（一八三〇）。日本でいえば、大岡昇平訳『武蔵野夫人』（一九五〇）や三島由紀夫『美徳のよろめき』（一九五七）。

しかし、姦通小説とはいえ、半年あまり手紙を交換しただけで、二人は一度も会っていなければ、互いの正体さえ隠し合っていたのである。柚の夫の真哉は、後に二人の関係を勘ぐって、きわめて通俗的な解釈をしてみせた。それに比べて柚（凜子）と航大（クモオ）の、なんと複雑なこと！　物語作家としての才能は、自らヒロインを演じた柚のほうがはるかに上だったというべきだろう。

参考までに付け加えると、プライバシーや個人情報を保護しながら文通を仲介する組織は実際にも存在し、ウェブサイトで会員を募っている。〈文通は、自筆のペンで書くものです。／キーボードや携帯電話でするものではありません。／そこには、わずらわしさもあるでしょうが、一つ一つの字に気持ちが入ります。／それが文通の一番の温かさではないでしょうか〉とは、うちひとつの会の惹句《じやつく》の一部である。まさかそこから、こんな小説が生まれるなんて、誰が想像したろうか。

（さいとう・みなこ　文芸評論家）

本書は、二〇一六年十月、集英社より刊行されました。

初出「小説すばる」
二〇一三年六、九月号
二〇一四年二、七、九、十一月号
二〇一五年一、四、六、八、十、十二月号
二〇一六年二、四月号